L'ÉQUARRISSAGE POUR TOUS

suivi de

TÊTE DE MÉDUSE

et de

SÉRIE BLÊME

Paru dans Le Livre de Poche :

Romans, nouvelles et essais

L'ARRACHE-CŒUR
BLUES POUR UN CHAT NOIR
CHRONIQUES DU MENTEUR
CONTE DE FÉES À L'USAGE DES MOYENNES PERSONNES
ÉCRITS PORNOGRAPHIQUES
L'ÉCUME DES JOURS
ELLES SE RENDENT PAS COMPTE
ET ON TUERA TOUS LES AFFREUX
LES FOURMIS
L'HERBE ROUGE
J'IRAI CRACHER SUR VOS TOMBES
LE LOUP-GAROU *et autres nouvelles*
MANUEL DE SAINT-GERMAIN-DES-PRÉS
LES MORTS ONT TOUS LA MÊME PEAU
LE RATICHON BAIGNEUR
TRAITÉ DE CIVISME
TROUBLE DANS LES ANDAINS
ROMANS, NOUVELLES ET ŒUVRES DIVERSES
(La Pochothèque)

Théâtre

LE GOÛTER DES GÉNÉRAUX
suivi de LE DERNIER DES MÉTIERS *et de* LE CHASSEUR FRANÇAIS
MADEMOISELLE BONSOIR *suivi de* LA REINE DES GARCES
PETITS SPECTACLES

Cinéma

LA BELLE ÉPOQUE
CINÉMA SCIENCE-FICTION
RUE DES RAVISSANTES *et 19 autres scénarios*

Poésie

CANTILÈNES EN GELÉE
CENT SONNETS
JE VOUDRAIS PAS CREVER

Musique

CHANSONS
LE CHEVALIER DE NEIGE – OPÉRAS
CHRONIQUES DE JAZZ
DERRIÈRE LA ZIZIQUE
ÉCRITS SUR LE JAZZ
EN AVANT LA ZIZIQUE…
JAZZ IN PARIS

BORIS VIAN

L'Équarrissage pour tous

suivi de

Tête de méduse

et de

Série blême

Préface de Gilbert Pestureau

PAUVERT/CHRISTIAN BOURGOIS

ISBN : 978-2-253-14370-3 – 1re publication LGF

PRÉFACE[1]

GENÈSE, PUBLICATIONS ET REPRÉSENTATIONS

Dans « Les Fourmis », le débarquement allié de Normandie, le 6 juin 1944, a inspiré une nouvelle pleine de gags avec une vision de la guerre marquée par l'humour froid et la farce. En 1947, Vian prolonge cette veine par une pièce de théâtre dont pourtant la genèse semble un embryon de roman sur une famille aux enfants dispersés dans les armées diverses de l'époque, américaine, allemande, française, russe et même eskimo[2] ! Une première mouture de L'Equarrissage pour tous *est terminée deux mois plus tard (15 avril 1947), qui subira quelques variations par la suite, en particulier la suppression de quatre personnages.*

Une première publication en est faite dans Les Cahiers de la Pléiade, *n° 4, au printemps 1948, mais d'une « version digérée », c'est-à-dire comprenant 28 scènes au lieu de 57 par un découpage du texte écrit publié plus tard ; cependant, un article d'*Ici-Paris *(20 janvier 1948) avait déjà signalé l'existence de cette pièce, œuvre d'un « Courteline existentialiste ». Dès la rédaction, Boris Vian cherche un metteur en scène mais rencontre surtout hésitations, procrastinations et*

1. *Préface à Boris Vian,* Romans, nouvelles, œuvres diverses, *Le Livre de Poche, « La Pochothèque », 1991.*

2. *N. Arnaud,* Les Vies parallèles de Boris Vian, *Bourgois, 1981, p. 371, cf. pp. 353-4.*

renonciations, car le sujet de la Libération est encore tabou pour la satire ; ainsi Grenier-Hussenot abandonnent le projet et J.-L. Barrault doit y renoncer. C'est enfin André Reybaz avec sa Compagnie du Myrmidon qui monte, au Théâtre des Noctambules, le 11 avril 1950, cette pièce qualifiée par l'auteur de « vaudeville anarchiste » ; ce ne sera pas un succès puisque, dès le 11 mai, la suite est prise par une cousine pataphysique, La Cantatrice chauve d'Eugène Ionesco, promise à une autre gloire jusqu'ici inaltérable[1].

Plusieurs éditions ont vu le jour ensuite. D'abord chez Toutain, en 1950, une édition non diffusée ; le Collège de 'Pataphysique la récupéra et en assura la diffusion après la mort de celui qu'il avait fait « Equarrisseur de première classe » en 1952 et Satrape un an plus tard ; le texte est précédé d'un « Salut à Boris Vian » de Jean Cocteau, reproduit ici, qui place L'Equarrissage... dans la lignée de liberté et d'insolence des Mamelles de Tirésias et des Mariés de la tour Eiffel, ainsi que d'un avant-propos de l'auteur ; il est suivi d'un ensemble de citations et commentaires : « L'Equarrissage et la critique », puis de la courte pièce Le Dernier des métiers qui devait compléter le spectacle — la satire de l'Eglise précédant celle de la guerre — mais fut refusée par le directeur du théâtre. Publié aussi dans Paris-Théâtre, n° 66 de novembre 1952, L'Equarrissage... fut réédité par J.-J. Pauvert dans le Théâtre de Vian (1965) avec les Bâtisseurs d'Empire et Le Goûter des généraux. Terminons avec la réédition en revue de L'Avant-scène Théâtre (1er juillet 1968) après la reprise de J. Deninx au Théâtre des Hauts-de-Seine, et dans le Théâtre I en 10/18 (1971).

Prévoyant sans doute les réactions offusquées des critiques, Vian déclare dans le programme de la première représentation : « [c']est une pièce contre la guerre. [...] Elle se propose de souligner cette vérité qu'un mariage est plus passionnant qu'une guerre, fût-elle mondiale [...] » et il précise qu'il a donné aux repré-

1. M. Rybalka, Boris Vian, Minard, 1984, pp. 189-91.

sentants des différentes armées en conflit « une consistance contradictoire » du point de vue de Mars, par exemple. Mais, en dépit de ce désir de « faire rire les gens avec quelque chose de pas drôle, la guerre[1] », *Vian rencontra l'hostilité de critiques, soit obnubilés par le scandale de* J'irai cracher sur vos tombes, *soit incapables de se détacher d'un patriotisme étroit et triomphaliste ; ainsi des articles de H. Magnan, M. Favalelli ou Thierry Maulnier qui donne paradoxalement la main à Elsa Triolet !*

Cependant, d'autres critiques, malheureusement peu suivis par le public, firent l'éloge non seulement de la troupe et de la mise en scène accentuant joyeusement les gros effets et la folie de ce « crazy show, *pantalonnade macabre et gaudriole innocente » (G. Joly), mais aussi du talent de l'auteur et de l'originalité tonique de la pièce ; ainsi des copieux articles de R. Barjavel — « bouillonnement burlesque », « Ubu-Equarrisseur » —, M. Beigbeder — « audaces pleines de bon sens » —, M. Déon, A. Franck — références à Rabelais et Jarry —, V. Renaud, R. Saurel — « le meilleur Boris Vian : sensible et cynique, inquiet et désinvolte ».*

UNE FARCE ICONOCLASTE

*« La guerre, dit Vian dans l'article d'*Opéra *repris en avant-propos [...] est une des multiples figures de l'intolérance, et la plus destructrice » : on retrouve bien ici un thème essentiel de son œuvre. C'était une grande audace cependant de mettre en 1947 tous les guerriers dans le même sac grotesque, la même fosse à équarrir si nauséabonde. De même les échanges d'uniformes et de chants militaires, les relations sexuelles indifférenciées —* Hiroshima mon amour *traité d'avance en cartoon —, la parodie des tortures pour un aveu, la satire de la stratégie militaire et de la vaniteuse « Reconstruction », tout cela joué pour réveiller, faire réfléchir en*

1. *B. Vian,* Théâtre I, *UGE, 1971, p. 49.*

riant selon une vieille recette, exige du spectacteur un détachement intelligent et force à un recul relativiste certainement plus facile aujourd'hui qu'alors. Mais ici encore Vian donne sous couvert de rigolade une leçon humaniste.

La rigolade et l'art. L'Equarrissage pour tous *est une mécanique parfaitement construite avec une dynamique étonnante, mais qui exige un travail technique de réalisation peut-être accessible au seul cinéma. Le rythme des entrées et des sorties, la progression de la famille et du groupe peu à peu complétés de la façon la plus loufoque possible — parachutistes, passages de combattants à la* Hellzapoppin, *intervention des voisins —, les gags visuels et sonores, les personnages et le dialogue dignes d'Ionesco prouvent quelle maîtrise Vian aurait pu atteindre grâce à un succès éclatant, si le public contemporain avait su suivre cette audace. Il persévéra pourtant, en dépit de l'échec, avec d'autres pièces, maints « petits spectacles » de cabaret, des livrets d'opéra...*

Cette pièce unit le joyeux délire du vaudeville à la catastrophe historique toujours menaçante et trop souvent déchaînée par la folie des hommes. Elle est l'admirable illustration côté farce de la célèbre formule de Shakespeare sur la vie et l'Histoire : « It is a tale / Told by an idiot, full of sound and fury / Signifying nothing. » *(C'est un conte dit par un idiot, plein de bruit et de fureur, qui ne signifie rien) (*Macbeth, *V, 5). Dans un tel monde, qu'y a-t-il de plus important pour un équarrisseur normand que de dépecer ses carcasses et marier sa fille ?*

Gilbert PESTUREAU

AVANT-PROPOS[1]

L'Equarrissage pour tous, écrit au début de 1946[2], n'a été représenté que quatre ans plus tard. Cela m'a surpris de voir cette pièce rencontrer fréquemment un accueil timoré de la part des metteurs en scène les plus réputés pour leur fantaisie. Pour ne citer qu'eux, Grenier et Hussenot ont hésité deux ans avant de se décider... à ne pas la monter. Jean-Louis Barrault l'avait reçue en juillet 1949 et devait la jouer en octobre 49. Il ne le put. Un peu las d'attendre et de voir ce divertissement perdre de jour en jour ce qu'il pouvait avoir de satirique, je lui demandai de me le rendre pour André Reybaz : ce dernier connaissait le texte par Jean-Louis Barrault lui-même depuis le moment où la Compagnie du Myrmidon avait passé *Fastes d'enfer* au Marigny. Bref, Reybaz et ses camarades, en quinze jours de travail acharné, mirent sur pied *L'Equarrissage* et le jouèrent aux Noctambules. Je dois constater que pas une fois le public ne se méprit sur mes intentions : tous ceux qui vinrent s'amusèrent en général et n'eurent d'arrière-pensée qu'après ; l'ennui c'est que, parmi les critiques, on semble considérer le rire comme une activité un peu dégradante si elle n'a pas pour support le caleçon et les cocus. Je me permets de considé-

1. A l'édition originale, Editions Toutain, 1950.

2. Boris Vian se trompait. La pièce, conçue en février 1947 (d'abord sous la forme d'un roman), fut achevée très précisément le 15 avril 1947. Il devait d'ailleurs redresser son erreur en datant d'avril 1947 l'édition définitive publiée dans *Paris Théâtre* en novembre 1952.

rer qu'on peut essayer de faire rire les gens avec autre chose et qu'il n'y a rien de scandaleux à provoquer l'hilarité en évoquant, par exemple, la guerre. Je regrette d'être de ceux à qui la guerre n'inspire ni réflexes patriotiques, ni mouvements martiaux du menton, ni enthousiasme meurtrier (Rosalie, Rosalie !), ni bonhomie poignante et émue, ni piété soudaine — rien qu'une colère désespérée, totale, contre l'absurdité de batailles qui sont des batailles de mots mais qui tuent des hommes de chair. Une colère impuissante, malheureusement ; entre autres, il est alors une possibilité d'évasion : la raillerie. On a dit que je cherchais le scandale avec *L'Equarrissage* ; on s'est lourdement trompé ; qu'on veuille bien me croire, le scandale ne me fait pas peur et si je le cherchais, je le chercherais plus adroitement et plus efficacement. On l'a dit surtout parce qu'il est plus commode de cataloguer quelqu'un que de prendre la peine de l'écouter (ceci n'est pas une récrimination, au contraire ; ceux qui me cataloguent m'évitent à mon tour de lire leurs commentaires : ils se bornent à les répéter chaque fois qu'ils en font un).

Au reste, j'avais précisé certaines de mes intentions dans un article écrit pour *Opéra* et paru le 12 avril 1950 — je ne me cite pas pour le plaisir, mais parce qu'il ne m'a pas paru nécessaire de récrire sous une autre forme ce que je pense encore :

« La guerre, cette chose grotesque, a ceci de particulier (entre autres) qu'elle est envahissante et importune, et ceux qu'elle amuse se croient en général fondés à l'étendre à ceux qu'elle n'amuse pas. C'est une des multiples figures de l'intolérance, et la plus destructrice. C'est pourquoi, dans la mesure réduite où quelque chose d'écrit et d'artificiel peut avoir un effet, j'ai essayé d'agir contre ; au reste, il est assez peu tolérable de combattre la guerre par la guerre, comme font certains, et le choix des moyens qui restent se trouve hélas réduit.

« Cependant toutes ces intentions ne sont (je l'espère) pas trop visibles. Et la pièce est plutôt burlesque : il m'a semblé qu'il valait mieux faire rire aux dépens de la guerre ; c'est une façon plus sournoise de l'attaquer, mais plus efficace — et d'ailleurs au diable l'efficacité... Si je continue sur ce ton, on va croire qu'il s'agit d'un spectacle du genre "propagande pour hommes de bonne volonté" qui me terrifie entre tous.

« L'histoire ? Tout se passe le 6 juin 1944, à Arromanches. Il se produisit ce jour-là, dit-on, un événement important : les Anglo-Américains débarquèrent pour écraser les Allemands qui occupaient la France. L'événement est secondaire pour le héros de la pièce, le père : son problème à lui c'est de savoir s'il va, ou non, marier sa fille à l'Allemand avec qui elle couche depuis quatre ans.

« La pièce expose la solution qui se présente à ce problème. L'atmosphère est fournie par les éléments temporaires : soldats de toutes nationalités, F.F.I., canonnades, destructions, les éléments stables restant la fille et son mariage. Il n'y a guère de morale à l'histoire : en effet, elle se termine mal. C'est la guerre qui gagne. »

Il me reste à remercier Jean Cocteau de l'article qu'il eut la gentillesse d'écrire pour *Opéra* le 3 mai 1950. Je le fais ici aussi simplement qu'il le fit et je le prie de voir en ces quelques lignes un témoignage de reconnaissance et d'amitié.

J'ajoute aussi que sans André Reybaz, Catherine Toth et leur troupe aussi adroite que désintéressée, j'aurais abandonné tout espoir de voir *L'Equarrissage* sur les planches ; c'est dire ce que je leur dois.

Boris VIAN.

L'ÉQUARRISSAGE POUR TOUS[1]

En manière de préface (et de remerciement à Jean Cocteau) nous avons reproduit ci-après la lettre qu'il eut la gentillesse de faire tenir à André Reybaz et qui parut le 3 mai 1950 dans *Opéra.* Quelle présentation plus flatteuse pour cette pièce ? Mais ce serait aller à l'encontre de la vérité que de laisser croire, en publiant ce seul texte, à l'unanimité des réactions qu'elle provoqua ; et la coutume actuelle veut en outre que l'auteur présente son produit au public, tout comme s'il comprenait lui-même ce qu'il a voulu faire en l'élaborant. Voici donc ce que je puis en dire.

L'Equarrissage pour tous (titre qui me plut par sa similitude avec celui d'un manuel Roret et par le caractère mystérieux qui s'attache à la besogne exacte d'un équarrisseur, tout au moins pour pas mal de gens dont moi-même) m'a toujours paru trop simple pour avoir besoin d'explications. Ce texte poursuivait un seul but : faire rire les gens avec quelque chose de pas drôle, la guerre. Il eût été facile, me semble-t-il, maintenant, de se perdre, sur ce sujet, dans les profondeurs de la pensée dite intelligente. Je constate avec plaisir que je ne l'ai pas fait : on ne va pas méditer en public sur une chose aussi creuse et aussi superficielle que la guerre sans avoir l'impression bien chinoise de perdre la face ; il faut à une étude sérieuse de la guerre le silence du cabinet et la puissante érudition de mon bon ami Gaston Bouthoul. Au vrai, les violentes réactions qui

1. Introduction à la réédition dans *Paris Théâtre,* n° 66, novembre 1952. La lettre de Jean Cocteau avait déjà été publiée en tête de l'Edition Toutain.

accueillirent à sa création *L'Equarrissage* prouvèrent à tout le moins que la pièce était susceptible d'en provoquer ; je le dis tout plat, j'ai été ravi de susciter des mouvements aussi vigoureusement opposés.

D'aucuns voulurent d'abord y voir une attaque de la Résistance et des morts de la guerre. Ceux-ci n'avaient pas écouté, qu'il me soit permis de le répéter à Henri Magnan (par exemple), car les ridicules F.F.I. présentés l'étaient comme résistants du matin même. Ceux qui ont cru que je riais des morts semblent s'imaginer assez puérilement que la guerre ne m'aurait point apporté de deuils. D'autres attaquaient la forme : M. Favalelli, par exemple, blâmait des jeux de mots faciles et titrait sa chronique *Boris Viandox* car il n'en est pas à une poutre-dans-l'œil près, justifiant ainsi tout ce que l'on peut dire des insuffisances de la critique. D'autres, tel Guy Verdot, m'éreintaient pour avoir trop lu Jean-Jacques Gautier et peut-être aussi pour avoir eu quinze jours plus tôt une pièce refusée par Reybaz (car nos critiques écrivent, mais oui !). Jeener, je crois bien, entrait dans cette même catégorie. Je ne saurais leur donner tort : la position de critique-auteur implique le coup de langue au derrière du monsieur bien placé et le coup dans les chevilles du confrère écrivain. Quant à ceux qui voulurent voir dans ce texte inoffensif un appel au scandale, ils opéraient selon un processus très employé ces temps-ci. Il est simple : on déclare d'abord que M. Untel « a voulu dire ceci et cela ». Après quoi, sur la foi de cette déclaration liminaire, on accable M. Untel (qui, c'est sûr, pleure à chaudes larmes) et l'on se mord la queue sans s'en apercevoir. Ne serait-il pas plus simple de demander à M. Untel ce qu'il a voulu dire ? Et s'il n'avait rien voulu dire ? S'il avait voulu simplement écrire une pièce qu'il sentait le besoin d'écrire ? Ainsi, la « volonté de scandale », le « talent de revuiste offert comme un génie de la satire » — offert par qui, juste ciel ! — que l'on me balança dans les jambes, sortaient du même panier, le crâne ajouré du critique à court d'idées.

Que l'on ne s'imagine pas surtout trouver ici la

rancune de l'auteur vilipendé par le magister. J'avais tout autant de motifs à me réjouir dans les chroniques de Barjavel, de Renée Saurel, de Joly, d'Elsa Triolet même ou de Thierry Maulnier qui, en partie ou en totalité, furent extrêmement satisfaisantes. Que dire de celle de Jotterand dans la *Gazette de Lausanne !* Voilà-t-il pas une approbation venue d'un pays comme la Suisse !

Je n'aurai pas plus la puérilité de diviser les critiques en deux catégories, les bons (entendez ceux qui me furent favorables) et les mauvais. Ce serait tenter de faire croire que je ne connais pas les gens en question ou que j'ignore ce qu'ils pensent. Quatre-vingts sur cent estiment que c'est une honte de jouer du Vian quand ils ont de si bonnes pièces dans leurs cartons personnels. Les vingt autres essaient en toute honnêteté d'informer le public de ce qu'il va voir. Ces vingt-là, qu'ils disent du bien ou du mal de ce que j'ai fait, de ce que je ferai, je les remercie. Ils sont fort utiles, Les autres me ménageront s'ils supposent (comme c'est improbable !) que je puisse un jour leur servir à quelque chose (et c'est pourtant possible, n'est-ce pas, après tout, nous évoluons tous dans un milieu bien restreint). Ces chiffres de 80 et 20 ne traduisent qu'une proportion. J'aurais pu écrire huit et deux, mais tous nos gens se présentent comme de la seconde catégorie, aussi j'ai pris un nombre important. Car il faut les ménager, certes ! Ce sont eux qui remplissent la salle d'un jeune auteur, et je n'ai aucune honte à préciser que c'est à mes Jeener et autres que la salle dut de n'être guère pleine ; mais je suis heureux de constater que ceux qui vinrent malgré cela s'amusèrent bien ; et ça c'est ma part à moi. Et celle surtout de Reybaz et de sa bonne équipe, qui, avec les moyens réduits dont ils disposaient, donnèrent un corps à mes marionnettes. Qu'ils en soient encore ici remerciés.

B.V.

SALUT À BORIS VIAN

par Jean COCTEAU

Boris Vian vient de nous donner, avec *L'Equarrissage pour tous,* une pièce étonnante, aussi solitaire en son époque confuse que le furent à la leur *Les Mamelles de Tirésias,* de Guillaume Apollinaire et mes *Mariés de la tour Eiffel.*

Cette pièce, ou ballet vocal, est d'une insolence exquise, légère, lourde, semblable aux rythmes syncopés dont Boris Vian possède le privilège.

Soudain, nous sommes au centre du temps, à cette minute où le temps n'existe plus, où les actes perdent leur sens au milieu immobile du cyclone, à cette place où le présent et l'avenir se nouent comme une vieille ficelle morte.

Et le rire éclate où la bombe éclate, et la bombe éclate de rire, et le respect que l'on porte aux catastrophes éclate lui-même, à la manière d'une bulle de savon.

Des acteurs jeunes, gais, affairés dans les coulisses où ils se changent en Allemands, en Américains, en F.F.I., en parachutistes, traversent la scène, tombent des cintres, montent des escaliers qui n'aboutissent nulle part, se cognent les uns contre les autres, se mélangent et s'isolent, dans un vide plein jusqu'au bord.

Rien de plus grave que cette farce qui n'en est pas une et qui en est une, à l'image de ce qu'on nous oblige à prendre au sérieux et qui ne l'est pas, sauf par la mort de nos camarades et la certitude que la fin de cette sombre farce n'est que de la fatigue et une courte halte nécessaire à reprendre le souffle et à recommencer le plus vite possible.

Oui, voilà ce qu'un homme habile à souffler dans la trompette, ou plutôt à donner la forme d'une trompette à son souffle, voilà, dis-je, ce qu'un homme, rompu aux rythmes, nous jette à la figure, comme dans une infecte bataille de fleurs

Une bonne entreprise de propagande pour nous autres pauvres types, seulement capables d'opposer le singulier au pluriel et de rester libres, dans un monde où la liberté déroute et ne se porte plus.

L'Equarrissage pour tous a été présenté
pour la première fois au théâtre des Noctambules
le mardi 11 avril 1950 avec la distribution suivante :

Le Père	André REYBAZ
André	Paul CRAUCHET
Le Voisin	Guy SAINT-JEAN
1er Allemand	Michel CALONNE
1er Américain	Jean-Pierre HÉBRARD
Marie	Catherine TOTH
La Mère	Yette LUCAS
2e Allemand	Jean MAUVAIS
Américain pubère	Roger PASCHEL
La Postière	Odette PIQUET
2 Américains	René LAFFORGUE
	Jean-Pierre HÉBRARD
2 Allemands	Jean MAUVAIS
	Michel CALONNE
Heinz Schnittermach	Jacques MULLER
Marie-Cyprienne	Nicole JONESCO
Jacques	Jacques VERRIÈRES
Le Japonais	Jacques MULLER
Catherine	Zanie CAMPAN
Vincent	René LAFFORGUE
Colonel Loriot	Jacques MULLER
2 Religieuses	Odette PIQUET
	Roger PASCHEL
Capitaine Künsterlich	Jean MAUVAIS
Le Pasteur	Roger PASCHEL
2 Salutistes	Jean-Pierre HÉBRARD
	Michel CALONNE
Le Lieutenant français	René LAFFORGUE
Le Capitaine	Jean MAUVAIS
Le Scout	Yves FAUCHEUR

L'ÉQUARRISSAGE POUR TOUS

Vaudeville paramilitaire en un acte long

A mon ennemi intime :
CHARLEMAGNE

PERSONNAGES
(par ordre d'entrée en scène)

LE PÈRE, *équarrisseur*
ANDRÉ, OU JACQUELINE, *apprenti**
LE VOISIN
SOLDATS ALLEMANDS
SOLDATS AMÉRICAINS
MARIE, *fille de l'équarrisseur*
LA MÈRE
LA POSTIÈRE
HEINZ, *soldat allemand*
SOLDAT ANONYME
MARIE, OU CYPRIENNE, *fille de l'équarrisseur*
JACQUES, *fils de l'équarrisseur*
PARACHUTISTE JAPONAIS
CATHERINE, *fille de l'équarrisseur*
VINCENT, *vieux F.F.I.*
COLONEL LORIOT *(quatorze ans)*
DEUX SŒURS DE CHARITÉ
KÜNSTERLICH, *capitaine allemand*
ROBERT TAYLOR, *pasteur américain*
CAPITAINE FRANÇAIS
LIEUTENANT FRANÇAIS
BOBBY, *scout de France*

* Vers la fin de la pièce — scène LI —, André devient soudain fils de l'équarrisseur.

La scène se passe le 6 juin 1944, au matin, chez un équarrisseur très gentil. Le décor représente, avec les accès nécessaires, la salle commune de la maison de l'équarrisseur, à Arromanches. Etabli et armoire à outils dans un coin. Tables, chaises. Portrait de cheval. Fosse à chevaux avec trappe et levier l'actionnant. Odeur sui generis. *Atmosphère générale campagnarde et arromanchienne, plus précisément.*

SCÈNE I

LE PÈRE, ANDRÉ.

(*Ils sont en train de travailler, à l'établi, à remettre en état un énorme rabot.*)

LE PÈRE

C'est dégueulasse. Le dernier cheval a complètement bousillé ce rabot.

ANDRÉ

On ne peut pas l'arranger ?

LE PÈRE

Regarde ce fer. C'est de la dentelle !

ANDRÉ

Peut-être que ça irait quand même...

LE PÈRE

Il faudra bien.

(*Il prend le fer, le regarde et crache dessus d'un air dégoûté. André lui tend un chiffon. Il essuie le fer. Dehors, bruits divers : mitrailleuse, explosions, etc. Hurlements à consonance militaire.*)

LE PÈRE

Ils commencent à nous courir avec leur débarquement. Ah ! on a eu le nez creux de venir habiter Arromanches !

ANDRÉ

Oui, c'est pas malin.

LE PÈRE (*sévère*)

Dis-donc, toi !... Un peu de respect pour mon arrière-grand-père. C'est lui qui l'a eue, cette idée-là.

ANDRÉ

Pardon, je ne le ferai plus.

LE PÈRE

Où est ma fille ?

ANDRÉ

Laquelle ?

LE PÈRE

Marie.

ANDRÉ

Elles s'appellent toutes les deux Marie.

LE PÈRE

Ah ! Oui, c'est vrai. Eh bien, mettons que je n'aie rien dit.

ANDRÉ

Je vais la chercher.

(*Il sort. Le père reste seul.*)

SCÈNE II

LE PÈRE, LE VOISIN.

LE PÈRE (*seul*)

Quand on est seul, il faut en profiter.

(*Il s'approche à pas de loup du placard au calvados et, au moment où il y porte la main, une formidable explosion retentit. Des choses tombent. Il sursaute.*)

Nom de Dieu ! Les salauds !

(*Coups violents à la porte.*)

Entrez !

LE VOISIN (*entrant*)

Salut !

LE PÈRE

Salut. Toujours vivant ?

LE VOISIN

Toi aussi ?

LE PÈRE

Moi, c'est normal. Je suis équarrisseur. Jamais ils ne viendront jusqu'ici. Ça pue trop.

LE VOISIN

Pour puer, ça pue. Comment est-ce que tu arrives à faire puer comme ça ?

LE PÈRE

C'est un secret de famille. Viens, je vais te le dire à l'oreille.

LE VOISIN

Tu me l'as déjà dit cent fois.

LE PÈRE (*vexé*)

Tu me l'avais demandé.

LE VOISIN

Je suis poli, mais il ne faut pas me prendre pour un crétin...

LE PÈRE

Et alors, ce débarquement, où ça en est ?

LE VOISIN

Ils se tabassent toujours.

LE PÈRE

Dommage que ce soit des tanks. Autrefois ça m'aurait donné du travail. Tous les chevaux que ça aurait fait !...

LE VOISIN

Ils sont arrivés jusqu'en haut de la plage. Tu dois pouvoir les voir d'ici.

LE PÈRE

Je ne vais pas me déranger pour ça, non ?

(*Il va à la fenêtre.*)

Mince ! Ce qu'il y en a ! C'est incroyable !...

LE VOISIN

Je suis sûr qu'ils sont plus de cinquante.

LE PÈRE

Et qu'est-ce qu'ils disent, les autres ?

LE VOISIN

Les frisous ? Ils ne sont pas contents. Tu penses, être réveillés à cette heure-là !

LE PÈRE

C'est qu'ils n'ont pas la même heure, en Amérique. Il y a des histoires de méridiens qui entrent en ligne de compte.

LE VOISIN

Ce n'est pas la peine de la ramener. On le sait que tu as été mécanicien. Et Marie ?

LE PÈRE

Ah ! voilà. Ça, c'est important. Justement je voulais te demander un conseil.

SCÈNE III

LES MÊMES, ANDRÉ.

ANDRÉ

Je n'ai pas trouvé Marie.

LE PÈRE

Je t'avais dit de ne pas y aller.

ANDRÉ

Alors, évidemment, je ne pouvais pas la trouver. Vous ne pouviez pas le dire ?

(*Il hausse les épaules, excédé.*)

LE VOISIN

Je te demande pardon, mais tu voulais me demander conseil ?

LE PÈRE

Bien sûr. Voilà la chose. Marie aime son Heinz.

LE VOISIN

Son frisou ?

LE PÈRE

Oui. Celui qui loge ici.

LE VOISIN

Ah ? Elle couche avec lui ?

LE PÈRE (*gêné*)

Je ne sais pas. Elle couche avec lui, André ?

ANDRÉ (*gêné*)

Je ne sais pas.

LE PÈRE

Tu vois, on ne sait pas. Enfin, elle l'aime, hein, André ?

ANDRÉ

Oui. Ça, elle l'aime.

LE PÈRE

Alors il l'aime aussi.

LE VOISIN

Faut les marier. Deux qui s'aiment, on les marie.

LE PÈRE

Bien sûr ! Tu es malin ! Tu crois qu'on n'y avait pas pensé ?

LE VOISIN

Alors, pourquoi vous ne l'avez pas fait ? Si c'est pas encore fait, c'est que vous n'y avez pas pensé.

(*Bruit formidable. Ils rentrent tous le cou dans les épaules.*)

LE PÈRE

Ça y est.

ANDRÉ

Qu'est-ce qui y est ?

LE PÈRE

Je ne sais pas, mais au son, ça y était en plein. Donc, je reviens à mon affaire. Qu'est-ce que tu me conseilles ?

LE VOISIN

Ben, il faut les marier. Il me semble, à première vue, que ça saute aux yeux.

LE PÈRE

C'est une métaphore.

LE VOISIN (*excédé*)

Oh ! la barbe, avec tes citations.

ANDRÉ

Ils s'aiment, on ne peut rien dire.

LE PÈRE

Je ne crois pas que Heinz ferait un bon équarrisseur, il est trop maigre, mais on pourra lui faire affûter le rabot.

ANDRÉ (*ravi*)

C'est une chouette idée.

LE VOISIN

Quand même, il faudrait savoir s'il couche avec...

LE PÈRE

Tu as raison. Comment est-ce qu'on peut savoir ça ?

(*A André.*)

Va me chercher ma fille.

ANDRÉ

Oui, tout de suite.

SCÈNE IV

LE PÈRE, LE VOISIN.

LE PÈRE

C'est embêtant quand on est obligé de penser à toutes ces choses-là. Comment veux-tu qu'on dorme tranquille avec des soucis pareils ?

(*Série plus forte de rafales de mitraillette.*)

LE VOISIN

D'abord, c'est pas l'heure de dormir.

LE PÈRE

Je sais bien, mais ça me rend nerveux, cette histoire-là ; si on pouvait s'occuper tranquillement de son boulot, seulement.

(*On tape à la porte.*)

LE PÈRE

Entrez.

(*Un Allemand entre. Il a un fusil et un bazooka et il tire un canon derrière lui.*)

L'ALLEMAND (*avec accent*)

Je peux mettre ça là ? Ça me gêne pour courir.

LE PÈRE

Mais oui. Faites donc. Personne n'y touchera.

L'ALLEMAND

Merci. Je les prendrai en revenant.

LE PÈRE

Bonsoir.

(*L'Allemand referme la porte et le père se retourne vers le voisin.*)

Pourvu que cet idiot d'André trouve Marie.

LE VOISIN

Laquelle ?

LE PÈRE

Celle qui va épouser Heinz.

LE VOISIN

Ah ! bon. C'est pas pratique qu'elles aient toutes les deux le même nom.

LE PÈRE

C'est ce que je trouve aussi. Et songe que leur mère s'appelle Marie...

LE VOISIN

Comment t'y reconnais-tu ?

LE PÈRE

C'est elles qui s'y reconnaissent. Mais je me demande comment elles font.

(*André revient.*)

SCÈNE V

LES MÊMES, ANDRÉ.

ANDRÉ

Vraiment, je ne sais pas où elle est.

LE PÈRE

Tu as été dans sa chambre ?

ANDRÉ

Je ne peux pas. Heinz y est déjà.

LE PÈRE

Alors, évidemment, il n'y a rien à faire. Ecoute, c'est embêtant.

ANDRÉ

Ben oui, c'est embêtant.

LE VOISIN

Tu n'as pas besoin de savoir ça tout de suite.

LE PÈRE

J'aurais mieux aimé. En tout cas, il y a une chose de sûre, c'est qu'il faut réunir le conseil de famille. Et ça, ça ne va pas être commode.

LE VOISIN

Ça se fait tous les jours.

LE PÈRE

Avec tous ces crétins d'enfants qui se battent dans tous les coins au lieu d'apprendre à équarrir proprement...

LE VOISIN

Il faut qu'ils soient là. Et puis, tu ne dois pas dire du mal de tes enfants.

LE PÈRE

Tu comprends, l'ennui, c'est qu'il y en a un qui est Américain, Jacques, et l'autre, Catherine, est au diable vauvert.

LE VOISIN

Je croyais que c'étaient des fils tous les deux.

LE PÈRE

Tu sais, Catherine, elle est parachutiste dans l'Armée rouge, alors, c'est comme un homme.

LE VOISIN

Ah ! dans ces conditions-là, je comprends.

LE PÈRE

Ils sont parachutistes tous les deux, d'ailleurs.

ANDRÉ

Mais, dites donc, comment ça se fait qu'ils soient d'un tas de pays différents ?

LE PÈRE

Tu es idiot, avec tes questions. Est-ce que je sais, moi ? C'est comme ça, c'est comme ça. On ne discute pas les enfants que le Bon Dieu vous a donnés.

ANDRÉ

Vous vous reposiez, vous, pendant ce temps-là ?

LE PÈRE

Pendant ce temps-là ? Quel temps ?

ANDRÉ

Pendant que le Bon Dieu vous donnait des enfants...

LE PÈRE

J'équarrissais, naturellement. Ou, alors, je raccommodais mon rabot. Il n'y a pas de milieu.

ANDRÉ

Comment va-t-on les prévenir ?

LE PÈRE

On va aviser. Ah, dis donc, au fait, tu ne veux pas aller chercher...

(*On frappe à la porte.*)

Entrez.

(*Entre un soldat américain.*)

SCÈNE VI

LES MÊMES, LE SOLDAT AMÉRICAIN.

L'AMÉRICAIN (*entre en sautant à la corde*)

Bonjour ! On peut boire un coup ?

LE PÈRE

Bien sûr. Ça va ?

L'AMÉRICAIN

Ça va. Fait soif.

(*André prend un verre, va le remplir et le lui apporte.*)

LE PÈRE (*pointe d'orgueil*)

Ils vous donnent du mal, hein ?

L'AMÉRICAIN

C'est pas tellement ça. Mais, ces cochons-là, ils tirent avec de vraies balles.

(*Il boit.*)

LE PÈRE (*ravi*)

Mince !... Ça alors !... Ils sont culottés, tout de même. Ils tirent avec de vraies balles ?

L'AMÉRICAIN

Regardez.

(*Il lui montre son casque. Derrière, il y a un trou gros comme les deux poings.*)

LE PÈRE (*admiratif*)

Tu te rends compte ?

LE VOISIN

Et vous n'êtes pas mort ?

L'AMÉRICAIN

C'est celui d'un camarade. Je lui ai donné le mien à la place. Celui-là est plus léger comme ça.

(*Silence. Il s'étire. On entend un coup de sifflet.*)

Allez. On va y retourner. Ils viennent de siffler la mi-temps.

ANDRÉ

Vous reviendrez, hein ?

L'AMÉRICAIN

Bien sûr.

(*Il tire un paquet de sa poche et le lui tend.*)

Tenez, prenez ça. Ça chasse les odeurs.

ANDRÉ

Merci... Merci bien... Au revoir.

(*L'Américain sort.*)

SCÈNE VII

LE PÈRE, ANDRÉ, LE VOISIN.

LE PÈRE

Qu'est-ce que c'est ?

ANDRÉ

Du chewing-gum, c'est écrit dessus.

LE PÈRE

Ah, bon, du chewing-gum. Flanque-le dans la fosse à équarrir. Dis donc, t'as remarqué ?

ANDRÉ (*flanquant le chewing-gum dans la fosse*)

Quoi ?

LE PÈRE

Il parlait français.

LE VOISIN

Mais c'est vrai, tiens. C'est un espion.

(*Le père décroche son arbalète, va à la porte, vise longuement et tire. Bruit de verre cassé.*)

ANDRÉ

C'est son casque ou les cloches à melon ?

LE PÈRE

C'est son casque.

LE VOISIN (*méprisant*)

Oui, c'est bien ce bruit-là que ça fait, la camelote américaine.

LE PÈRE (*réfléchissant*)

Mais alors... Ce ne serait pas un espion...

ANDRÉ

Peut-être pas...

LE PÈRE

Alors, heureusement que c'étaient les cloches à melon.

(*Il va raccrocher son arbalète. Un temps. Puis...*)

J'aurais dû lui demander s'il connaissait Jacques.

LE VOISIN

Ton fils aîné ? Celui qui est parachutiste américain, lui aussi ?

LE PÈRE

Oui.

ANDRÉ

Vous savez, ils ont l'air d'être plusieurs, à débarquer.

LE PÈRE

Alors, on en trouvera sûrement un qui connaît Jacques.

SCÈNE VIII

LES MÊMES, MARIE.

LE PÈRE

Tiens, te voilà, Marie.

LE VOISIN

Bonjour, Marie. Alors, tu veux épouser un frisou, il paraît. Tu m'as l'air d'être tombée amoureuse bien vite.

MARIE

Ce n'est pas moi, c'est ma sœur.

LE PÈRE

Mais oui, c'est sa sœur Marie. Et puis, bien vite,

hein, vous exagérez... Ça fait quatre ans qu'il couche avec.

(*A Marie.*)

Heinz était dans ta chambre ?

MARIE

Mais non, papa, il est dans la chambre de ma sœur.

LE PÈRE

C'est vrai, c'est tout ce bruit qui me trouble... je confondais...

LE VOISIN

Je ne sais pas comment tu peux t'y reconnaître avec ces deux filles qui ont le même nom.

LE PÈRE

Tu vois, je ne m'y reconnais pas.

ANDRÉ

Je vais la chercher, maintenant ?

LE PÈRE

Non, je vais l'appeler.

(*Il va vers la porte de séparation à gauche, l'entrouvre et appelle. Réponse à la cantonade.*)

LE PÈRE (*revenant*)

Elle arrive.

LE VOISIN

Allons, tout ça va être réglé tout de suite.

MARIE

Il faut que je reste ?

LE PÈRE

Naturellement. Il s'agit du mariage de ta sœur, tout de même.

MARIE

Moi, Heinz, je le trouve affreux.

ANDRÉ

Ça, moi aussi, alors.

LE PÈRE

Ecoute, Marie, ce n'est pas bien de dire du mal du fiancé de ta sœur. Ce garçon n'a pas choisi sa figure.

MARIE

Il a eu tort de laisser choisir quelqu'un d'autre à sa place. Quelqu'un qui avait mauvais goût, tu ne peux pas dire. Il est tout petit, il est maigre, il a des lunettes et il sent mauvais des pieds.

LE VOISIN

Je ne vois pas comment on peut s'en rendre compte dans une maison comme ici...

LE PÈRE

Tu es toujours le même. On ne peut pas être équarrisseur et vivre dans le jasmin et les roses.

LE VOISIN

Je ne t'en veux pas ; ça ne sent pas plus mauvais que d'habitude, remarque, mais c'est simplement que je ne peux pas m'y habituer.

MARIE

En tout cas, Heinz sent mauvais des pieds.

ANDRÉ

C'est leurs bottes, et puis ils ne mettent pas de chemises.

MARIE

Il a un vilain teint et il ne sait pas danser.

LE PÈRE

Mais, puisqu'il aime ta sœur...

MARIE

Bien sûr, je n'ai rien contre lui. Simplement, moi je ne pourrais pas l'épouser. Et l'avoir comme beau-frère, ça n'est pas drôle non plus.

SCÈNE IX

LES MÊMES, LA MÈRE.

LA MÈRE

Tu m'as appelée ?

LE PÈRE

Mais non, j'ai appelé Marie.

LA MÈRE

Mais je suis là, enfin !

ANDRÉ

Je vais la chercher.

(*Il sort. Le voisin s'essuie le front.*)

LE PÈRE

Tu vois, on est en train de discuter pour savoir si on va réunir le conseil de famille. A propos du mariage de Heinz et de Marie.

LA MÈRE

Ils vont se marier ? Mes enfants !...

(*Elle fond en larmes.*)

LE PÈRE (*lui tapant dans le dos*)

Allons, allons, ne t'émotionne pas comme ça. As-tu été traire les vaches ?

LA MÈRE

A propos de quoi me demandes-tu ça ?

LE PÈRE

C'est pour te faire penser à autre chose.

LA MÈRE

Eh bien, non, j'avais complètement oublié, j'y vais tout de suite.

(*Elle sort en s'essuyant les yeux. Fausse sortie.*)

A propos, où as-tu mis le fer à repasser ? Si je n'ai pas le fer à repasser, je ne peux pas arriver à les traire proprement.

LE PÈRE

Il est avec l'escabeau, sur l'étagère.

LA MÈRE

Je vais le trouver, alors...

(*Elle sort.*)

SCÈNE X

LE VOISIN, LE PÈRE, MARIE.

LE VOISIN

Tu as une femme active.

LE PÈRE

Toi aussi.

LE VOISIN

On a des femmes actives.

(*Silence. Explosions, puis coups à la porte. Entre un Allemand.*)

L'ALLEMAND

(*myope, avec lunettes. Fusil en bandoulière*)

Dites donc, vous qui êtes du pays, les gars qui débarquent, là, c'est bien des Américains ?

LE PÈRE

Où ça ?

L'ALLEMAND

Là-bas.

(*Il montre la direction du doigt.*)

LE PÈRE

Naturellement, c'est des Américains. Qu'est-ce que vous pensiez que c'étaient ? Les Italiens ?

L'ALLEMAND

Merci beaucoup.

(*Il referme la porte.*)

MARIE

Celui-là, il était bien.

LE VOISIN

Tu l'as à peine vu. Il avait des lunettes aussi, en tout cas.

MARIE

Oui, mais il était bien bâti.

LE PÈRE

Veux-tu que je te dise ? Eh bien, toi, tu es jalouse de ta sœur. Tu la vois heureuse, elle est presque fiancée, elle va se marier, et tu es jalouse. Ah !... Ce n'est pas un beau sentiment... Mais, en un sens, un jour comme aujourd'hui, ça se justifie.

LE VOISIN

Pourquoi un jour comme aujourd'hui ?

LE PÈRE

Ecoute, ce n'est quand même pas tous les jours qu'on décide de marier sa fille, ou de marier la sœur de sa fille, ou de faire un mariage en général. Tu vois, j'en oublie même mon travail.

(*Il se rapproche de l'établi et saisit son rabot.*)

Il serait peut-être temps que je descende équarrir un peu. J'ai quatre bêtes en retard, qui sont à peine dressées.

LE VOISIN

Tu les dresses, maintenant ?

LE PÈRE

Oh ! tu es fatigant. Il faut t'expliquer tous les termes techniques. Dressées, c'est aplanies, dégrossies, ce que tu voudras. C'est comme quand on est mécanicien, on dresse des pièces sur des marbres.

LE VOISIN (*frissonnant*)

Tu es macabre, écoute.

LE PÈRE

Et toi, tu es idiot. Un marbre d'ajusteur c'est en fonte, alors, tu vois... Non, tu es comme les autres, tu as des préjugés. Je suis sûr que tu t'étonnes de me voir ici.

LE VOISIN

Avec ton coffre et ta taille, je te verrais plutôt en train de te battre.

LE PÈRE

C'est ce que tout le monde pense, et je le sais bien. La vérité, c'est qu'ils m'ont oublié.

LE VOISIN

Tu n'as pas reçu les papiers ? On ne t'a pas envoyé une lettre ? Une convocation, je ne sais pas moi ?

LE PÈRE

Si, mais je n'ai pas ouvert la lettre. Alors, je me suis dit : « Ils m'ont oublié. » Et de fait, ils m'avaient oublié.

LE VOISIN

On n'est pas venu te chercher ?

LE PÈRE (*évasif*)

Un type est venu, un jour, mais il est tombé par hasard dans la fosse. Depuis, je n'ai vu personne.

LE VOISIN

Qu'est-ce que tu en as fait ?

LE PÈRE (*détaché*)

Du type ? Qu'est-ce que tu voulais que j'en fasse ? Je l'ai équarri, c'est tout. Un de plus, un de moins...

LE VOISIN

Enfin, c'est un scandale, tout de même. Surtout quand on voit ces frisous tout maigres. Et puis, toi, là, avec tes cent kilos et ta mine...

LE PÈRE

Oh ! tu sais, je n'ai pas si bonne mine que ça.

(*Il tousse.*)

Ecoute, tu entends, je tousse.

LE VOISIN

Moi aussi.

(*Il tousse.*)

LE PÈRE

Toi, ça n'a rien d'étonnant. Tout le monde tousse dans le pays.

LE VOISIN

C'est à cause de ta sacrée fosse. Tu crois qu'on peut conserver des poumons en bon état, en respirant des odeurs pareilles tous les jours de sa vie ?

LE PÈRE

Tu ne peux pas rester cinq minutes sans me rappeler ça. Tu n'es vraiment pas aimable. Je ne peux pas me souvenir d'un jour où tu ne m'aies pas charrié avec ça.

LE VOISIN

Si, dimanche dernier.

LE PÈRE

C'est malin... tu n'es pas venu.

LE VOISIN

Je ne suis pas venu, mais j'ai toussé quand même.

(*Il tousse.*)

LE PÈRE

Qu'est-ce que fait donc André ? Il aurait dû la trouver ?

(*Pendant tout ce temps, Marie va et vient, range les objets les plus hétéroclites.*)

MARIE

On a beaucoup de mal à regarder dans la chambre de Marie. Il doit essayer d'agrandir le trou.

LE PÈRE

Si c'est pas malheureux !... Je change la planche tous les jours, et tous les jours il y a un nouveau trou !...

MARIE

Tu devrais l'enlever, carrément.

(*Silence, puis des coups à la porte, des rafales de mitraillette, des bruits de course et des jurons.*)

LE PÈRE

Entrez !

SCÈNE XI

LES MÊMES, UN SOLDAT AMÉRICAIN.

LE PÈRE

Bonjour.

L'AMÉRICAIN

Bonjour. Il y a des marraines de guerre, par ici ?

LE PÈRE

Des quoi ?

L'AMÉRICAIN

Des marraines de guerre. Je cherche une marraine de guerre.

LE PÈRE

Pour quoi faire ?

L'AMÉRICAIN (*rougissant*)

Euh...

MARIE

Tu le fais rougir, papa. Tu n'es pas gentil.

LE PÈRE

Comment, je ne suis pas gentil ? Je ne peux rien faire sans que tout le monde me tombe dessus.

L'AMÉRICAIN

Mais vous en avez ?

LE PÈRE

Quoi ? Ah ! Ça, vous êtes inouï ! On voit bien que vous débarquez. Vous vous rendez compte que les frisous sont là depuis quatre ans ? Ou est-ce que vous êtes complètement idiot ?

L'AMÉRICAIN

J'ai dix-neuf ans et je m'appelle Vladimir Krowski.

MARIE

Et vous voulez une marraine de guerre comment ?

L'AMÉRICAIN

Comme vous.

MARIE

C'est drôle, ça, alors. Vous me donnerez ça ?

L'AMÉRICAIN

Quoi ?

(*Elle s'approche de lui et montre les écussons de ses revers.*)

MARIE

Vos clips, là.

L'AMÉRICAIN

Je ne peux pas, je serais puni.

MARIE (*s'approche de lui et se frotte un peu*)

Oh ! donnez-les moi, vous serez gentil.

LE PÈRE

Dites donc, si on vous gêne, on peut s'en aller...

MARIE

Oui. C'est ça, Va-t'en. J'en ai pour cinq minutes.

(*Le père et le voisin sortent.*)

SCÈNE XII

MARIE, L'AMÉRICAIN.

MARIE

Alors, comme ça, vous n'avez pas de marraine de guerre ?

L'AMÉRICAIN

Si, en Amérique, mais c'est loin.

MARIE

Vous êtes bien habillé. Vous voulez les enlever ?

L'AMÉRICAIN (*reculant jusqu'à la table*)

Quoi ?

MARIE (*câline*)

Vos clips... là... Si vous me les donnez, je serai votre marraine de guerre. Mais, au fait, pourquoi voulez-vous une marraine de guerre ?

L'AMÉRICAIN

C'est pour lui envoyer des colis. On a des choses à ne savoir qu'en faire.

MARIE

Mais vous ne vous en servez pas ?

L'AMÉRICAIN

Oh ! non, c'est très mauvais. Des tas de conserves, du chocolat. Vraiment, il y en a tellement qu'on ne peut plus avancer. On fait passer les tanks dessus, mais ça prend du temps.

MARIE

Jetez-les.

L'AMÉRICAIN

Je pensais que ça vous ferait plaisir de les avoir.

MARIE

Qu'est-ce que vous voulez que j'en fasse ? Ici, on ne mange que du cheval.

L'AMÉRICAIN

Vous les vendrez aux Allemands.

MARIE

Ils ne sont pas fous. Ils les prendront sans les payer.

L'AMÉRICAIN

Alors je crois qu'on va être forcés de leur donner.

MARIE

Bien sûr, c'est la seule solution. Et c'est tout ce que vous vouliez faire avec votre marraine de guerre ?

L'AMÉRICAIN

Ben... Oui... Qu'est-ce que vous voulez qu'on en fasse, de ces conserves ?

MARIE (*le pousse, il grimpe sur la table, elle le suit*)

Je ne parle pas des conserves, je parle des marraines. Vous me trouvez jolie ?

L'AMÉRICAIN

Vous savez, je ne peux pas vous donner ces clips...

MARIE

Ça ne fait rien.

(*Un temps.*)

Qu'est-ce que vous lui faites, en Amérique, à votre marraine ?

L'AMÉRICAIN

Je sors avec elle. Je vais au cinéma.

MARIE

Vous l'embrassez ?

L'AMÉRICAIN

Vous êtes dégoûtante.

MARIE

Est-ce que vous l'embrassez ?

L'AMÉRICAIN (*descend à l'autre bout de la table*)

Je ne peux pas vous répondre. Ce n'est pas une conversation.

(*Silence.*)

A qui est-ce que je peux donner ces conserves ?

MARIE (*mécontente*)

Vous pouvez les mettre ici, si elles vous gênent tant que ça.

L'AMÉRICAIN (*soulagé*)

Vous êtes gentille. Je vais les chercher.

(*Il va pour sortir. Marie le retient par le bras.*)

MARIE

Est-ce que vous l'embrassez ?

L'AMÉRICAIN

Jamais je n'aurais cru les filles d'ici aussi dévergondées.

MARIE

Vous êtes un hypocrite. Je sais bien que vous l'embrassez et que vous couchez avec elle.

L'AMÉRICAIN (*très choqué*)

Ah ça ! Non, alors !... Tout mais pas ça !...

MARIE

Allez, allez chercher vos conserves. Et puis, vous pouvez les garder, vos sales clips !

(*L'Américain baisse le nez et sort. Elle appelle par la porte.*)

Papa ! Papa ! Tu peux revenir !

SCÈNE XIII

MARIE, LE PÈRE, LE VOISIN.

LE PÈRE

Alors, tu les as, ces clips ?

MARIE

Je me suis fiancée avec lui.

LE VOISIN

A la bonne heure ! Comme ça, on sera tranquille. Il n'y en aura plus qu'une à marier.

LE PÈRE

Qui ça ?

LE VOISIN

Catherine, pardi !

LE PÈRE

Ah ! c'est vrai. J'oublie toujours que ce n'est pas un garçon. Il est bien, ton Américain ?

MARIE

Il est très gentil. Il a voulu qu'on se fiance tout de suite.

LE PÈRE

A la bonne heure ! Toi, tu n'as pas mis quatre ans à trouver un mari. Mais où est-ce qu'il est parti ?

MARIE

Il a été chercher ses affaires.

LE PÈRE

Voilà. Alors, Marie va se marier aussi. Ça va être une belle cérémonie, on pourra faire ça le même jour.

(*Bruits d'explosions, courses, pas, coups à la porte.*)

Entrez !

(*La porte s'ouvre. Une tête passe. C'est un Allemand.*)

L'ALLEMAND

Oh, pardon !

(*La porte se referme. Hurlements de douleur en allemand.*)

MARIE

Ils sont bien nerveux, aujourd'hui.

SCÈNE XIV

LES MÊMES, ANDRÉ.

LE VOISIN

Alors, André, quoi de neuf ?

ANDRÉ

Je ne sais pas ce qu'elle fait. Heinz est toujours dans sa chambre.

LE PÈRE

Ça n'a pas d'importance, on l'interrogera par la suite.

(*Il va vers la radio et manipule les boutons.*)

MARIE

Ce n'est pas l'heure.

LE VOISIN

Mais si, c'est l'heure.

(*Il regarde sa montre. On entend des crachements dans le poste.*)

LE PÈRE

Radio-Londres est difficile à avoir en ce moment.

LE VOISIN

C'est leur satané débarquement. Il y a des parasites dans tous les coins.

(*On entend l'air du « Troisième Homme ».*)

Ça y est ! Tu l'as. C'était bien l'heure.

LE PÈRE

Enfin ! Moi, je ne peux pas travailler sans musique.

LE VOISIN (*se frappant le front*)

Mais voilà ! J'y pense. On va téléphoner à la postière.

LE PÈRE

Pourquoi ?

LE VOISIN

Eh bien ! pour prévenir tes enfants.

(*Musique en sourdine.*)

LE PÈRE

Ah oui ! C'est une bonne idée. Demande-lui de venir.

(*Le voisin va téléphoner. Pendant ce temps, le père donne de grands coups de marteau sur son rabot. Entre la mère, par la porte de gauche.*)

SCÈNE XV

LES MÊMES, LA MÈRE.

LE PÈRE

Tiens, Marie. Tu sais, ta fille épouse un Américain.

LA MÈRE (*fondant en larmes*)

Ma petite fille !... Viens dans mes bras !

(*Marie se jette dans ses bras.*)

LE VOISIN (*revenant*)

Ça, alors, c'est formidable ! Elle ne s'est pas trompée de fille.

LE PÈRE

Allons, allons, ne pleure pas comme ça. Tu as trait les vaches ?

LA MÈRE

Oui, naturellement.

(*Elle saute en l'air.*)

Où avais-je la tête ? J'ai laissé le fer électrique chauffer. Je vais retirer la prise.

(*Elle sort en courant, puis revient.*)

Dis donc, elles tiennent bien moins de place, une fois repassées.

LE PÈRE

Qui ça ?

LA MÈRE

Les vaches.

(*Elle se dirige vers la sortie.*)

Je ne sais pas comment je n'y ai pas pensé plus tôt.

(*Elle sort.*)

SCÈNE XVI

LE VOISIN, MARIE, LE PÈRE, ANDRÉ.

LE VOISIN

La postière s'amène.

LE PÈRE

Qu'est-ce qu'on leur envoie, comme message ? Il faut le préparer, d'ici qu'elle arrive.

LE VOISIN

Ça ne nous fait pas très longtemps. La poste est de l'autre côté de la rue.

LE PÈRE (*ils s'installent à la table*)

Justement, dépêchons-nous.

(*Ils réfléchissent tous les trois.*)

Réfléchis plus vite, André.

SCÈNE XVII

LES MÊMES, LA POSTIÈRE.

(*La postière entre par la porte de gauche.*)

LA POSTIÈRE

Je suis entrée par la cour.

LE PÈRE

Je le vois bien, que vous êtes entrée par la cour ! Comment ça va chez vous ?

LA POSTIÈRE

Qu'est-ce qu'on prend comme plâtras sur la gueule !

LE VOISIN

Tiens ! Chez vous aussi ?

LA POSTIÈRE

Qu'est-ce que ça déménage !

LE PÈRE

Je ne sais pas comment vous faites, mais moi, je trouve que c'est calme.

(*Grand bruit dehors. Deux Américains entrent en courant et referment la porte.*)

SCÈNE XVIII

LES MÊMES, LES DEUX AMÉRICAINS.

PREMIER AMÉRICAIN

Je te dois dix dollars.

DEUXIÈME AMÉRICAIN

Donne.

LE PÈRE

Bonjour, messieurs.

(*Il semble en colère.*)

LES AMÉRICAINS (*ensemble*)

Happy birthday to you
Happy birthday to you
Happy birthday to you
Happy birthday to you

On vous dérange, peut-être ?

LE PÈRE

Ecoutez, à la fin, ça fait cinq fois que vous venez frapper à la porte. On s'occupe de quelque chose d'important, ici. Qu'est-ce que vous voulez encore ?

LES AMÉRICAINS

Excusez-nous... C'est très malhonnête... Mais on avait envie... avec les camarades... de voir une ferme française... Alors, on est venus...

LE PÈRE

Et vous n'auriez pas pu en trouver une autre que la mienne ?

PREMIER AMÉRICAIN

C'est la seule qui reste debout.

LE VOISIN

Nom de Dieu ! Vous voulez dire que vous avez foutu ma maison par terre ?...

(*Il sort précipitamment.*)

SCÈNE XIX

LES MÊMES, *moins* LE VOISIN.

LE PÈRE

Bon, on va vous faire visiter. Mais c'est quand même assommant si, chaque fois qu'il y a un débarquement à Arromanches, tout le monde défile ici.

LA POSTIÈRE

J'aurais pas cru que les Amerlauds aimeraient les vieilles bicoques.

MARIE

Ils sont bien bâtis, ces deux-là.

(*Elle s'approche d'eux.*)

PREMIER AMÉRICAIN

Vous ne voulez pas quelques conserves ?

DEUXIÈME AMÉRICAIN

Ou du chocolat ?

MARIE

J'aimerais que vous me donniez vos clips...

PREMIER AMÉRICAIN

Nos quoi ?...

MARIE

Vos clips... C'est un mot anglais, non ?

PREMIER AMÉRICAIN (*réfléchissant*)

Je ne vois pas...

LE PÈRE

Alors, vous venez la visiter, cette maison ?

(*Elle montre les boutons de revers.*)

MARIE

Ces trucs-là.

DEUXIÈME AMÉRICAIN

On ne peut pas. On serait punis. Viens, Jerry, on va visiter la maison.

LE PÈRE

Voilà. Vous montez l'escalier et vous êtes au premier étage. Bon. Au-dessus, c'est le grenier. Vous visitez et vous redescendez. A gauche, c'est la cour, à droite, la cour, et en dessous, c'est l'autre bout de la fosse à équarrir. Il y a une trappe, comme ici. Au fait, qu'est-ce que vous en pensez ?

PREMIER AMÉRICAIN

De qui ?

LE PÈRE

Des frisous. Des Allemands, quoi... C'est des drôles de types, hein ? Trouvez pas ? Moi, je les trouve un peu bizarres.

PREMIER AMÉRICAIN

Comment ça ? Il y en a, par ici ?

LE PÈRE

Bien sûr, c'en est plein !

DEUXIÈME AMÉRICAIN (*tombant des nues*)

Ah mince ! Alors, je comprends pourquoi ils nous ont fait débarquer ! C'est pour nous battre contre les Allemands ! Tu crois qu'ils l'auraient dit !...

PREMIER AMÉRICAIN

C'est évident, maintenant. Je me rends compte aussi pourquoi on nous tirait dessus. Vous comprenez, les opérations sont faites très discrètement.

DEUXIÈME AMÉRICAIN

C'est ça, la démocratie.

(*Ils se mettent tous deux au garde-à-vous et chantent* Happy birthday to you.)

LE PÈRE

Ça donne de bons résultats, la démocratie ?

PREMIER AMÉRICAIN

On ne peut pas savoir, c'est secret. Alors, on va visiter ?

MARIE

Soyez gentils... Donnez-moi vos petits trucs dorés...

DEUXIÈME AMÉRICAIN

On vous dit qu'on ne peut pas. Vous êtes complètement idiote, alors ?

MARIE

Je vais vous accompagner.

LA POSTIÈRE

C'est ça, va avec eux, ça te calmera un peu.

ANDRÉ

Je pourrais y aller, moi ?

LE PÈRE

Reste ici. On n'a pas encore décidé quel message on allait envoyer.

(*Les Américains et Marie vont vers l'escalier. Le père les appelle.*)

Hé ! dites donc, au fait...

(*Les Américains s'arrêtent et se retournent. L'un d'eux pelote ouvertement les fesses de Marie.*)

DEUXIÈME AMÉRICAIN

Quoi ?

LE PÈRE

Est-ce que vous connaissez mon fils Jacques ?

DEUXIÈME AMÉRICAIN

Quelle arme ?

LE PÈRE

Il est dans les parachutistes.

DEUXIÈME AMÉRICAIN (*réfléchissant*)

Jacques... Jacques... Jacques, non, je ne vois pas. Il a un parachute de quelle couleur ?

LE PÈRE

Bleu. Bleu vif.

DEUXIÈME AMÉRICAIN

Ah ! non, nous, on en a des jaunes.

LE PÈRE

Tant pis.

(*Les deux Américains sortent avec Marie et le père revient vers la postière.*)

SCÈNE XX

LE PÈRE, LA POSTIÈRE, ANDRÉ.

LE PÈRE

A nous trois.

ANDRÉ

Je réfléchis. Si on leur envoyait un message comme ça : « Revenez de suite pour conseil famille. Mariage Marie »?

LA POSTIÈRE

C'est pas original, on dirait un télégramme.

LE PÈRE

Ils ne l'accepteront pas à Radio-Londres. Il faut leur envoyer un message en clair. Pas de résumé.

(*Il réfléchit.*)

ANDRÉ

Je ne trouve rien.

LE PÈRE

Attends... voilà ! « L'équarrisseur attend ses deux enfants pour le mariage de leur sœur. » Je te le dis, il faut du clair, sans ça les gens peuvent comprendre de travers et en profiter pour tout saccager, chiper des tractions avant et les couvrir de peinture blanche.

LA POSTIÈRE

Bon. Alors, je vais leur téléphoner à Londres. Mais vous savez, ça va bien prendre une heure d'attente. Il y a au moins cinq ou six officiers qui font la queue. J'ai trois communications sur Berlin et cinq sur Londres, alors ça ne va pas vite...

(*Coups violents à la porte.*)

SCÈNE XXI

LES MÊMES, DEUX ALLEMANDS EN UNIFORME.

LA POSTIÈRE

Bonjour.

DEUX ALLEMANDS

Bonjour... ça biche ?

ANDRÉ

Ça biche moyennement.

LE PÈRE

Il ne faut pas exagérer. Ça pourrait aller mieux. On est embêtés par cette histoire du mariage de Marie...

PREMIER ALLEMAND

On peut s'asseoir ?... On est crevés.

LE PÈRE

Mais oui... Asseyez-vous.

(*Les Allemands s'assoient à une table près de la porte et le deuxième commence à retirer ses bottes. Le premier va puiser de l'eau dans son casque, puis revient et se trempe les pieds dedans, avec ses bottes. L'autre pose les siennes sur la table. Une épaisse fumée s'en dégage.*)

LE PÈRE (*à la postière*)

Alors, vous allez le passer, ce message ?

LA POSTIÈRE

Vous allez bien m'offrir un coup de schnick, non ?

LE PÈRE

Bien sûr... A quoi est-ce que je pense, aujourd'hui ? Et mon travail ne se fait pas, avec tout ça...

(*Il va vers le placard.*)

LA POSTIÈRE

Oh ! ce n'est qu'un petit retard. Je boirai vite.

(*Les deux Allemands se redressent, comptent jusqu'à quatre et entonnent une marche.*)

Wenn die Soldaten
Durch die Stadt marschieren,
Öffnen die Mädchen
Die Fenster und die Türen,
Ei warum, ei darum,
Ei warum, ei darum,
Ein Küss wenn es stimmt
Darassabum Darassassa (bis).

(*On entend des pas dans l'escalier et les Américains arrivent complètement débraillés, par la porte de droite.*)

SCÈNE XXII

LES MÊMES, DEUX AMÉRICAINS.

LE PÈRE

Alors, la maison vous plaît ?

PREMIER AMÉRICAIN (*se reboutonnant*)

Ça sent mauvais chez vous. C'est terrible ce que ça sent mauvais...

DEUXIÈME AMÉRICAIN

C'est ça, tiens !

(*Il lui montre les deux bottes du deuxième Allemand, qui fument sur la table.*)

LE PÈRE

Je vous donne un coup à boire ?

PREMIER AMÉRICAIN

Elles sont chouettes ses bottes, dis donc.

DEUXIÈME AMÉRICAIN

Mon vieux, ces types-là, ils sont drôlement équipés ! Leurs pistolets, tiens, c'est autre chose que nos colts.

PREMIER ALLEMAND (*d'un ton condescendant*)

Oh ! les vôtres ne sont pas si mauvais.

(*Les deux Américains se rapprochent de leur table et l'un s'appuie au dossier de la chaise.*)

DEUXIÈME AMÉRICAIN

Regardez les casques qu'on a.

DEUXIÈME ALLEMAND

Je reconnais que la forme est vraiment horrible. C'est fuyant, c'est moche...

(*Les deux Américains s'asseyent à la table des Allemands.*)

PREMIER AMÉRICAIN

Vous jouez au poker ?

LE PÈRE (*s'approchant*)

Dites donc, vous devez avoir soif, tous les quatre. Vous boirez bien une goutte de calva ?

PREMIER ALLEMAND

Avec plaisir.

DEUXIÈME ALLEMAND

Naturellement, merci.

DEUXIÈME AMÉRICAIN

Très volontiers.

PREMIER AMÉRICAIN

Vous êtes trop aimable.

LE PÈRE

André, apporte les verres !

PREMIER ALLEMAND

Vous avez des cartes ?

PREMIER AMÉRICAIN

J'en ai.

LA POSTIÈRE (*se rapprochant insensiblement en vidant son verre*)

Remplissez-moi donc le mien. On va boire un coup avec ces garçons-là.

(*Les quatre commencent à jouer aux cartes.*)

PREMIER AMÉRICAIN (*au deuxième Allemand*)

Je vous joue vos bottes !

DEUXIÈME ALLEMAND

D'accord. Contre votre vareuse.

PREMIER AMÉRICAIN

O.K.

(*Partie de cartes, au cours de laquelle ils se déshabilleront progressivement tous les quatre et finiront par avoir chacun un équipement complètement inversé.*)

LE PÈRE

Quand même, ça fait plaisir, un petit verre.

(*Il revient vers l'établi et commence à taper sur le rabot. Il tapera de plus en plus fort, jusqu'à la fin de la scène.*)

PREMIER ALLEMAND

Full aux as.

DEUXIÈME AMÉRICAIN

Je vois venir.

PREMIER ALLEMAND

Ça fait un pot.

DEUXIÈME ALLEMAND

J'ouvre de dix dollars.

DEUXIÈME AMÉRICAIN

Plus vingt marks.

LE PÈRE (*raccompagnant la postière à la porte*)

Au revoir, à tout à l'heure.

(*On entend des explosions. Le bruit devient de plus en fort. Coups violents vers la porte du fond. Tous regardent dans cette direction.*)

LE PÈRE

Entrez !

PREMIER ALLEMAND

Couleur !

DEUXIÈME ALLEMAND

Flush royal !

DEUXIÈME AMÉRICAIN

Carré d'as !

PREMIER AMÉRICAIN

J'ai cinq rois !

(*Il rafle tout. Heinz entre par la porte de gauche. Le père et les autres sursautent.*)

SCÈNE XXIII

LES MÊMES, HEINZ.

LE PÈRE (*sévèrement*)

Comment, Heinz, vous n'êtes pas en train de vous battre avec vos camarades ?

HEINZ (*rougissant*)

Le réveil n'a pas sonné.

(*Terrible explosion. Tous courbent la tête. Silence mortel. Pas dans l'escalier. Marie entre.*)

SCÈNE XXIV

LES MÊMES, MARIE.

MARIE

J'ai renversé un vase.

LE PÈRE (*soulagé*)

Ah ! c'était ça !

(*Il se retourne vers Heinz et se croise les bras.*)

Vous exagérez...

PREMIER AMÉRICAIN

Double brelan de reines !

(*Il rafle les enjeux.*)

PREMIER ALLEMAND

J'ai mieux : séquence de sept cartes !

(*Il rafle la prise du premier.*)

DEUXIÈME AMÉRICAIN

Ça va. J'ai un flush royal de l'as au deux.

(*Il rafle.*)

DEUXIÈME ALLEMAND

Moi, j'ai une vraie paire de rois.

(*Il se met en devoir de les dépouiller méthodiquement. Pendant ce temps, Heinz se tortille les mains.*)

HEINZ (*timide*)

Vous voulez bien me faire un petit mot d'excuse pour mon capitaine ?

(*Marie s'approche des joueurs. Une main, de chaque côté, se glisse sous sa jupe.*)

LE PÈRE

Vous me faites faire un joli métier.

(*Il écrit. Rafale de mitraillette au-dehors, détonations, éclairs.*)

DEUXIÈME ALLEMAND

Deux cents dollars.

PREMIER AMÉRICAIN

Plus dix marks.

DEUXIÈME AMÉRICAIN

J'en ai marre, on s'en va...

PREMIER AMÉRICAIN

Bon...

(*Il se lève, il est complètement habillé en Allemand. Son copain aussi. Ils font demi-tour et sortent en chantant :* Wenn die Soldaten.)

PREMIER ALLEMAND

O.K.

DEUXIÈME ALLEMAND

On stoppe.

(*Les deux Allemands, complètement habillés en Américains, se retournent vers le père et chantent :* Happy birthday, *et sortent.*)

SCÈNE XXV

LES AUTRES.

LE PÈRE

C'est gentil, à cet âge-là...

LA POSTIÈRE

Oui... passez-moi un coup de schnick.

LE PÈRE

Vous exagérez.

(*Coups à la porte qui s'ouvre lentement. Un type, chancelant, entre en se tenant le ventre. Silence général.*)

SCÈNE XXVI

LES MÊMES, UN SOLDAT.

LE TYPE (*haletant*)

Mande pardon, où sont les vatères ?

LE PÈRE

Ils viennent de partir.

LE TYPE

Ah ! Hââââââh...

(*Il tombe raide mort.*)

LE PÈRE

Dans la fosse... avec les honneurs de la guerre.

(*La postière roule le type dans la fosse.*)

SCÈNE XXVII

LE PÈRE, MARIE, ANDRÉ, LA POSTIÈRE.
Entre LA MÈRE.

LA MÈRE

Dis donc, les cabinets ont disparu.

LE PÈRE

Tu ne m'apprends rien.

LA MÈRE

Alors, je m'en vais. Tu n'as plus besoin de moi ?

LE PÈRE

J'ai toujours besoin de toi, ma chérie. Viens dans mes bras. Et maintenant, discutons le bout de gras.

(*A la postière.*)

Tenez, prenez le calva et emmenez ces enfants, parce que je vais être obligé de me tenir mal.

LA POSTIÈRE

Venez, les enfants, on va se taper des rincettes. C'est pas tous les jours fête.

(*La postière sort avec André et Marie en les tenant par la main comme deux gosses.*)

SCÈNE XXVIII

LE PÈRE, LA MÈRE.

LE PÈRE

Guili, guili !

LA MÈRE

Ah ! Ecoute, Joachim, je n'ose pas...

LE PÈRE

Je ne m'appelle pas Joachim. Tu confonds avec ton premier mari. Tu sais bien, le garde-chasse.

LA MÈRE

Excuse-moi, ça m'était complètement sorti de l'idée.

LE PÈRE

Enfin, on va revoir nos enfants. Tu n'es pas contente ?

LA MÈRE

Je suis émue. Je ne sais pas ce que j'ai aujourd'hui, mais ce mariage me trouble beaucoup.

LE PÈRE

Ah ! ah ! Ça te rappelle le tien, hein, ma poupée !

LA MÈRE

Mais non, ça ne me rappelle pas le mien. Il y a longtemps que je l'ai oublié, le mien.

LE PÈRE

Allons ! Tout de même.

LA MÈRE (*le regardant fixement*)

Tu ne vas pas me dire que tu fasses quoi que ce soit pour me le rappeler ?

LE PÈRE (*gêné*)

Heu... les circonstances ne s'y prêtent pas... J'ai quarante-deux ans...

LA MÈRE

Pas moi.

(*Silence.*)

LE PÈRE

Au fait, tu ne crois pas qu'on devrait donner un autre nom à Marie ?

LA MÈRE

A laquelle ?

LE PÈRE

A n'importe laquelle. Pourvu qu'une des deux s'appelle autrement, c'est l'essentiel.

LA MÈRE

Je ne veux pas.

LE PÈRE

Mais ça sera bien plus commode.

LA MÈRE

Tu n'aimes pas mon nom, en somme ?

LE PÈRE

Si... justement... Je voudrais te le réserver. Et je crois qu'il faudrait quand même lui donner un autre nom parce que Heinz a tendance à se tromper et ça embête Marie. Elle le trouve très laid.

LA MÈRE

Si Marie n'aime pas Heinz, elle n'est pas forcée de l'épouser.

LE PÈRE

Mais, justement, je parlais de l'autre Marie. Tu vois bien que ça n'est pas commode.

LA MÈRE

C'est parce que tu es bête.

(*Il lève les bras et se tape les cuisses, découragé.*)

Enfin, c'est vrai. Voilà quinze ans qu'elle s'appelle Marie et tu voudrais changer son nom. C'est extraordinaire ! Tu as toujours des idées abracadabrantes. Tu ne peux pas équarrir et rester tranquille, non ?

LE PÈRE

J'en ai assez de l'équarrissage. D'abord, je perds la main et ensuite mon rabot est esquinté.

LA MÈRE (*hochant la tête*)

Tu vieillis. Je ne peux pas t'empêcher de faire ce qui te plaît, après tout. Appelle-la comme tu voudras.

LE PÈRE (*ravi*)

Enfin, je te retrouve.

LA MÈRE (*fondant en larmes*)

Ma petite fille...

SCÈNE XXIX

LES MÊMES, MARIE (*celle d'Heinz*).

LE PÈRE

Tiens, la voilà. Allons, ne pleure pas comme ça, Marie, voyons. Ce n'est rien, un changement de nom.

LA MÈRE

Ce n'est rien, non ! Elle va déjà changer de grand nom en épousant son imbécile à lunettes, et maintenant, tu veux lui changer son petit nom... Qu'est-ce qui va lui rester, alors ?

MARIE

Pourquoi est-ce que vous vous disputez ?

LE PÈRE

Dorénavant, tu t'appelleras Cyprienne.

LA MÈRE (*relevant la tête étonnée et ravie*)

Cyprienne ?... Mais c'est ravissant !

LE PÈRE (*faussement modeste*)

Heu... tu sais... ce n'est pas de moi...

CYPRIENNE

Cyprienne ? Moi, ça m'est égal, au fond. Je veux bien m'appeler Cyprienne. Mais quel intérêt ça a-t-il ?

LE PÈRE

Marie, c'est un peu monotone

CYPRIENNE

Evidemment, ça se porte beaucoup. Mais Cyprienne Schnittermach, tu crois que ça sonne bien ?

LE PÈRE

Certainement.

LA MÈRE

Ça fait étranger, tout de même. Enfin, tu diras ce que tu voudras, c'est ravissant.

LE PÈRE (*doucement flatté*)

Je reconnais que c'est... original.

(*Un silence.*)

CYPRIENNE

Tu ne travailles pas, papa, aujourd'hui ?

LE PÈRE

Ah non ! Aujourd'hui, c'est un grand jour.

CYPRIENNE

Qu'est-ce qui se passe ?

LE PÈRE

Ton frère et ta sœur viennent pour le conseil de famille.

CYPRIENNE

Quel conseil de famille ?

LE PÈRE

Eh bien, mais pour ton mariage, voyons !

CYPRIENNE (*déçue*)

Ah bon !... Moi qui croyais qu'il y avait quelque chose de nouveau.

LE PÈRE

Comment, tu ne trouves pas ça nouveau ?

CYPRIENNE

Je couche avec Heinz depuis quatre ans.

LE PÈRE

Est-ce qu'il t'a fait un enfant ?

CYPRIENNE

Je ne crois pas... Je m'en serais aperçue...

LE PÈRE

Enfin, tu es enceinte, oui ou non ?

CYPRIENNE

Qu'est-ce que ça peut te faire ?

(*Elle se promène dans la pièce en chantonnant.*)

LA MÈRE

Tu sais, il faut que tu répondes, Cyprienne.

(*Elle répète rêveusement.*)

Cyprienne... J'aurais voulu m'appeler comme ça...

CYPRIENNE

Vous m'assommez, tous les deux, avec vos questions. Vous avez assez souvent regardé par le trou du mur pour savoir si oui ou non je risque d'avoir un enfant après ce que j'ai fait avec Heinz.

LE PÈRE

Comment veux-tu qu'on le sache ? Tu éteins toujours la lumière et tu as graissé les ressorts de ton sommier. Et puis, d'abord, c'est André qui regarde. Moi, je remets une planche neuve tous les jours. Tu le sais très bien.

CYPRIENNE

Tu viens juste la remettre tous les jours à dix heures du soir, au moment où on se couche...

LE PÈRE

Tu me révoltes. Dieu sait si je suis éloigné de ces choses-là !...

LA MÈRE

Dieu le sait et moi aussi.

LE PÈRE

De toute façon, tu dois nous dire si tu es enceinte.

CYPRIENNE

Zut et zut !...

(*Grand bruit au grenier. Une trappe s'ouvre et un type atterrit en parachute.*)

SCÈNE XXX

LES MÊMES, JACQUES.

LA MÈRE

Mais c'est mon petit Jacques.

JACQUES

Bonjour, messieurs-dames !

(*Embrassades.*)

LA MÈRE

Mon petit Jacques ! Ça fait combien de temps que tu n'étais pas venu voir ton vieux papa et ta maman ?

(*Elle fond en larmes.*)

LE PÈRE

Dis donc ! Pourquoi ton vieux papa ?

JACQUES

Elle n'a pas changé, maman. Toujours marrante !

(*Il embrasse sa mère.*)

Et toi, ma vieille Marie ?

CYPRIENNE

Bonjour, Jacques. Tu as un beau blouson, dis donc !

(*Il l'embrasse.*)

JACQUES

Elle est devenue pas mal, Marie.

LE PÈRE

Tu peux l'appeler Cyprienne, parce qu'elle va se marier.

JACQUES

Sans blague ! Ça, alors, c'est renversant.

(*Il la regarde avec stupeur.*)

Dites donc...

(*Il renifle.*)

Ça cocotte toujours autant chez vous. Beaucoup de travail, papa ?

LE PÈRE

La fosse est pleine.

JACQUES (*se frotte les mains*)

Fameux !

(*La trappe se rouvre et un second parachutiste atterrit. Il est japonais.*)

SCÈNE XXXI

LES MÊMES, LE PARACHUTISTE JAPONAIS.

LE JAPONAIS

Hikra aram bul cuiculoc mic arrhoû ?

LE PÈRE (*compte sur ses doigts*)

C'est pas Jacques, c'est pas Catherine. C'est pas Marie... C'est pas un de mes enfants.

JACQUES

Vous vous trompez d'endroit.

LE JAPONAIS (*souriant largement et très poliment*)

Crô Huc ano maghô trucmuche ?

LE PÈRE

Mais comment donc !...

(*Le Japonais tire un poignard de sa ceinture et se fait harakiri en ajoutant : « Couic !... »*)

JACQUES

Pas d'erreur, c'est bien un Japonais. Qu'est-ce qu'on en fait ?

LE PÈRE

Il n'y a qu'à le mettre dans la fosse. Je le ferai avec les autres.

(*Ils soulèvent le cadavre et le jettent dans la fosse.*)

LA MÈRE

Cyprienne ! Essuie par terre. C'est dégoûtant !

(*Le père et Jacques reviennent. Pas dans l'escalier. Coups à la porte de droite.*)

SCÈNE XXXII

LE PÈRE, LA MÈRE, CYPRIENNE, JACQUES (*en Américain*) *et* CATHERINE (*en parachutiste pin-up : petites bottes rouges, petite jupe plissée extra-courte, blouse kaki, petite culotte rouge, poitrine terrible et bonnet de l'Armée rouge. Deux étoiles rouges sur les seins.*)

LE PÈRE

Ah ! Cette fois, c'est elle !...

LA MÈRE

Bonjour, ma chérie.

(*Embrassades. Catherine embrasse sur la bouche, à la russe, son père et Jacques, qui restent pantelants.*)

CATHERINE

Ça fait plaisir de se sentir chez soi.

(*Elle renifle.*)

LA MÈRE

Tu n'as pas eu trop de mal à venir, ma chérie ?

CATHERINE

Ben, si, tu sais, d'en haut, on n'y reconnaît pas grand-chose. Il y a eu du chambardement, par ici ?

LE PÈRE

Tu parles qu'il y en a eu ! L'année dernière, le père Durosier a fait abattre ses trois ormes.

LA MÈRE (*réfléchissant*)

Et Mme Lecoin a fait bâtir un clapier de six mètres de long !...

JACQUES

Sûr, ça change le paysage, mais on a trouvé quand même, tu vois !

(*Il renifle ostensiblement.*)

CATHERINE

Alors, Marie, c'est toi qui es fiancée ?

CYPRIENNE

Tu peux m'appeler Cyprienne.

CATHERINE

Enfin ! Ils se sont décidés à te changer de nom !

JACQUES

Et où est Marie ?

LA MÈRE

Mais elle est là, mon petit. On te répète qu'elle s'appelle Cyprienne...

LE PÈRE

Mais non, c'est l'autre, voyons... Elle vient justement de se fiancer ce matin avec un Américain, un de tes compatriotes... Tiens, au fait, il n'est pas encore revenu. Qu'est-ce qu'il fiche, encore, celui-là ? Elle doit être en train de se faire belle pour votre arrivée. Tu vas la trouver dans sa chambre.

SCÈNE XXXIII

Arrive MARIE.

LE PÈRE

Tiens, la voilà.

JACQUES (*se précipitant sur elle et l'embrassant dans le cou*)

Bonjour, ma poulette.

LE PÈRE

Eh bien, Jacques, veux-tu laisser ta sœur tranquille... elle n'a plus douze ans... Tu ne vas pas coucher avec elle, quand même ?

JACQUES

Tu ne l'as jamais fait, toi, non ?

LE PÈRE (*indigné*)

Certainement que non ! Espèce de cochon !

JACQUES

Eh bien, ça suffit d'un crétin dans la famille.

(*Il rit.*)

CATHERINE

Dis donc, Cyprienne, il est là ton fiancé ?

CYPRIENNE

Non, c'est l'heure où il se bat... Oh, il était en retard, papa a été obligé de lui faire un mot pour son capitaine... Ils sont très sévères avec lui...

LE PÈRE

Allons, tas de chenapans, venez boire ; asseyez-vous autour de cette table et restez tranquilles.

(*Tous s'approchent et s'installent de telle sorte que Cyprienne se trouve seule, isolée du groupe, comme une accusée. Après avoir bu, Catherine casse son verre contre le mur. Personne n'y fait attention.*)

LE PÈRE (*se levant*)

Maintenant, venons au fait, Cyprienne !

CYPRIENNE

Oui, papa ?

LE PÈRE

Tu es fiancée à Heinz. Tu as l'intention de l'épouser. Tu comprends bien qu'il n'est absolument pas question (*il martèle ses mots*) de te marier sans le consentement de ta famille. Par conséquent, c'est la logique même, tu dois répondre à tout ce que nous allons te demander, en donnant des détails précis, afin de nous permettre de formuler un jugement en toute objectivité, sur la foi duquel tu te marieras, ou non, suivant la décision prise en fin de compte.

(*Il s'effondre, épuisé.*)

JACQUES (*se levant*)

Tu te rends bien compte que nous n'avons pas fait tout ce chemin pour rien. En sorte qu'il paraît nécessaire que tu nous donnes les renseignements circonstanciés qui, seuls, auront pour effet de nous éclairer.

(*Il se rassied.*)

CATHERINE (*se levant*)

Je ne sais pas quoi dire, car il me semble qu'ils ont tout dit.

(*Elle se rassied. Silence. Ils la regardent tous. Le père se redresse peu à peu.*)

LE PÈRE

Alors, pour la dernière fois... réponds à ma question. Est-ce que tu es enceinte des œuvres du dénommé Heinz Schnittermach ?

JACQUES (*se levant*)

C'est un nom affreux.

(*Il s'assied. La mère fond en larmes. Marie la calme.*)

LE PÈRE (*à la mère*)

Marie, est-ce que tu as rentré la grande échelle ?

LA MÈRE

Mon Dieu !... J'avais complètement oublié.

(*Elle sort, affolée.*)

LE PÈRE

Cyprienne !... Réponds !...

CYPRIENNE

Je ne répondrai pas.

LE PÈRE

Il va donc falloir que nous ayons recours à des mesures draconiennes, du nom de leur inventeur.

JACQUES

Comme la lune.

LE PÈRE

Marie, remonte dans ta chambre.

(*Marie se lève et va vers la porte, suivie de Jacques.*)

Jacques ! Reste ici.

JACQUES

Vous êtes bien assez sans moi.

(*Il se rassied.*)

CYPRIENNE

Je comprends pourquoi tu m'as fait changer de nom. Sans ça, je serais remontée dans ma chambre aussi et tu n'aurais rien pu dire.

(*Marie sort.*)

SCÈNE XXXIV

LES MÊMES, *moins* MARIE.

LE PÈRE

Couchez-la sur l'établi.

(*Catherine et Jacques s'emparent de Cyprienne.*)

JACQUES

Avec quoi va-t-on la travailler ?

(*Ricanement diabolique.*)

CATHERINE

J'ai des cigares.

LE PÈRE

Je ne peux pas supporter l'odeur du cigare.

(*Catherine hausse les épaules. Elle et Jacques ficellent Cyprienne sur l'établi.*)

CYPRIENNE

Moi non plus, mais je ne voudrais pas que mon opinion puisse vous influencer en quoi que ce soit.

LE PÈRE

Quand je dis que je ne peux pas supporter l'odeur du cigare, ce n'est pas une figure de rhétorique. Positivement, il y a deux choses que je ne peux pas supporter : d'une part, un rabot mal affûté, et, d'autre part, avoir les pieds humides.

JACQUES

Qu'est-ce que tu fais de l'odeur des cigares ?

LE PÈRE

A la longue, ça se dissipe. Et puis, ici, tu sais, on ne la sentirait pas. Moi, je crois qu'il vaut mieux la chatouiller.

(*Ils achèvent de lier Cyprienne, qui ne fait pas un mouvement. Le père cherche des instruments.*)

JACQUES

Ecoute, Cyprienne, on a l'air de revenir pour t'embêter, mais c'est pourtant bien simple ce qu'on te demande. Si tu voulais répondre tout de suite, tu nous épargnerais une scène spectaculaire, je le reconnais, mais pénible.

CYPRIENNE

Qu'est-ce que tu veux que je te dise, Jacques, vous êtes tous là à vous jeter sur moi comme des poux sur un crâne. Je suppose que vous êtes aussi gênés que moi. Remarque, à votre place, j'en ferais autant, parce que je sais que c'est le seul moyen de me faire parler. Je suis têtue comme une mule et je ne veux pas vous répondre.

JACQUES

Eh bien, ma vieille, on va te chatouiller.

(*Il s'approche et commence. Cyprienne se tord.*)

LE PÈRE

N'aie pas peur d'y aller, elle est forte comme un cheval... et je m'y connais. Tiens, voilà une plume de pintade, ça n'a pas d'équivalent.

JACQUES

Apporte-moi un brin de paille.

(*Cyprienne hurle de joie.*)

Oh !... Cyprienne, je t'en prie... tu me fais mal à la tête.

(*Cyprienne redouble.*)

LE PÈRE

Fais attention à cette plume, Jacques... J'y tiens. Quelle entêtée... Vas-tu répondre, petite dinde ?

(*Cyprienne remet ça.*)

CATHERINE (*se remettant du rouge*)

Tu sais, Cyprienne, tu me déçois, je ne pensais pas que tu sois si renfermée. J'aurais cru qu'avec tes frère et sœur, tu te montrerais plus confiante, plus affectueuse, enfin.

JACQUES (*s'essuie le front*)

Vraiment, c'est idiot. Pourquoi est-ce que tu ne veux pas répondre ? Enfin, voilà un type avec qui tu couches depuis quatre ans, tout le monde le sait, tout le monde vous a vus ; d'ailleurs, il n'y a aucun mal à ça, je m'empresse de l'ajouter ; et, stupidement, par mauvaise volonté, pour on ne sait quelle raison, tu refuses de nous dire si tu es enceinte ou non. Ça n'a pas le sens commun. On se demande ce que tu ferais s'il t'arrivait vraiment quelque chose de sérieux.

CATHERINE

On revient ici. On est tous contents de te voir, de voir ton fiancé. On s'apprête à se réjouir gentiment, en famille, à revoir papa et maman.

(*Elle essuie une larme.*)

Et puis tu ne veux rien nous dire ; tu es plus étrangère que si tu n'étais pas de la famille.

JACQUES (*ému, lui aussi, voix entrecoupée*)

Nous étions en droit d'attendre autre chose que cette réception-là.

(*Il renifle.*)

LE PÈRE (*sanglotant*)

Cyprienne... Ma petite fille... Jamais je n'aurais cru que tu nous traites comme ça !...

CATHERINE (*essuie ses yeux à la dérobée et va s'asseoir*)

Cyprienne, nous avons tous de la peine à cause de toi, et tu restes là, sans rien dire.

(*Cyprienne se tord de rire.*)

LE PÈRE

Tenez, je vais vous donner des clous. On va la fixer un peu plus solidement. On s'obstine toujours à attacher les gens avec des cordes, alors que c'est tellement plus facile de les clouer.

JACQUES

Ça va abîmer l'établi.

LE PÈRE

Ça ne fait rien. Malgré tout, on ne va pas tenir compte d'une question d'établi dans un cas comme celui-là, où le mariage de ta sœur est en jeu. Tiens, voilà le marteau, Jacques.

JACQUES

Non, après tout, on va prendre du chatterton.

LE PÈRE

Prends-le, Catherine, il est dans l'armoire à outils.

CATHERINE

J'y vais.

(*Elle y va, et pendant ce qui suit, elle s'emmêlera affreusement dans le chatterton.*)

JACQUES

Ça me coupe les jambes, papa... J'ai jamais pu supporter les chatouilles et c'est comme si l'on me le faisait à moi... Relaie-moi, papa...

LE PÈRE

Allons, allons, toi, un héros ! De mon temps, en 1890, on n'aurait pas admis qu'un parachutiste se dégonfle.

JACQUES

Vous receviez une éducation de sauvages, aussi, de ton temps.

(*Cyprienne s'enroue et tousse.*)

LE PÈRE (*sévère*)

Jacques, ne fais pas tousser ta sœur. Ce n'est pas toi qui lui paies des leçons de chant à 200 francs par mois !

JACQUES

Toi non plus.

LE PÈRE

Non, mais j'en avais l'intention... Allons, Catherine, veux-tu cesser de faire l'imbécile ? Oh ! ces enfants...

CATHERINE (*emmêlée affreusement*)

Aide-moi, papa, coupe tout ça.

(*Il s'exécute en maugréant.*)

CATHERINE (*revient à sa sœur*)

Réponds, est-ce que oui ou non Heinz t'a fait un enfant ?

CYPRIENNE

Je ne dirai rien, je ne dirai rien... Ouille !... Laisse-moi...

(*Vaincue, elle explose, hystérique.*)

Arrêtez... Je vais le dire.

LE PÈRE

Elle connaît les endroits, hein, Catherine. C'est un vrai garçon manqué. Allons, Cyprienne, est-ce que tu vas avoir un enfant ?

CYPRIENNE

Non...

JACQUES

C'est bien vrai ?

CYPRIENNE

Oui...

CATHERINE

Tu ne mens pas ?

CYPRIENNE

Je dis la vérité.

LE PÈRE

Eh bien, tu sais, tu n'es pas bavarde !...

(*Il se laisse tomber assis sur une chaise.*)

JACQUES (*d'une voix brisée*)

Donne-moi à boire, papa...

(*Tous s'empressent autour de lui.*)

CYPRIENNE (*furieuse, les calotte l'un après l'autre, à l'improviste. Ils se tiennent tous la joue*)

Pourquoi m'avez-vous fait ça ?... Pourquoi m'avez-vous fait ça ?... Je ne voulais pas le dire... là...

(*Coups à la porte.*)

LE PÈRE

Pour savoir s'il fallait que tu épouses Heinz. Maintenant, nous savons qu'il ne t'a pas fait d'enfant. Tout est donc à recommencer. Il faut réparer ça au plus vite. Tu vas l'épouser aujourd'hui même. Tu es contente, hein ? Imbécile !

SCÈNE XXXV

LES MÊMES, UN GRAND F.F.I. SIMPLE SOLDAT,
avec une barbe noire et cinquante ans,
UN PETIT F.F.I., COLONEL *de quatorze ans. Brassards.*

LE PÈRE (*allant ouvrir*)

Entrez !

LE VIEUX F.F.I.

Je nous présente : Vincent, dit Barbeblanche, F.F.I., et le colonel Loriot.

LE COLONEL LORIOT

Repos !

LE PÈRE

Vous désirez ?

VINCENT

Il paraît qu'il y a un Amerlaud, chez vous ?

LE COLONEL LORIOT

Oui... On nous a dit que... On l'a vu, quoi...

LE PÈRE

Ah ! ça doit être mon fils Jacques. Mais entrez donc. Faites comme chez vous !...

VINCENT (*à Jacques, très mondain*)

Alors, comme ça, vous avez débarqué ?

JACQUES

Oh !... Je suis revenu marier ma sœur, c'est tout.

LORIOT

Comment est-ce en Amérique ?

JACQUES

Je ne sais pas, moi, vous savez, je suis d'ici.

VINCENT (*déçu*)

Ah !... Excusez-nous. On croyait que c'était l'uniforme américain...

LE COLONEL LORIOT

Vous savez, nous, on n'a pas l'habitude ; on est F.F.I. depuis ce matin.

LE PÈRE

Vous m'avez fauché ma voiture ?

VINCENT

Qu'est-ce que c'est ?

LE PÈRE

Une Delage.

LE COLONEL LORIOT

Une Delage traction avant ?

VINCENT

Mais non, colonel, tu déconnes, il n'y a pas de Delage traction avant...

LE COLONEL LORIOT

Ah... bon...

VINCENT (*expliquant*)

Vous savez, nous, c'est les tractions avant qui nous intéressent.

LE PÈRE

Vous devriez prendre celle du voisin. Elle est toute neuve.

LE COLONEL LORIOT

Quel numéro ?

LE PÈRE

Cinq milliards quatre cent quatre-vingt-sept millions six cent mille zéro deux.

VINCENT

C'est ça, c'est celle du colonel. Mais on en cherchait une pour moi.

LE PÈRE

Je suis désolé...

LE COLONEL LORIOT

Ça ne fait rien...

VINCENT

Tu t'en fous, toi, tu en as une.

(*A Jacques.*)

Les jeeps, comme ils disent (*il prononce gèpes*) ça marche ?

JACQUES

Je ne sais pas, moi, je me sers d'un parachute.

VINCENT (*à Catherine*)

Vous savez, vous, mademoiselle ?

CATHERINE

Je suis parachutiste aussi...

VINCENT ET LORIOT (*se levant*)

Ah !... Eh ben, alors... On s'en va. Bonsoir, messieurs-dames.

LE PÈRE

Bonsoir. A bientôt.

VINCENT

Oh ! non... Une Delage, ça ne nous tente pas. C'est trop voyant...

LE PÈRE

Je regrette...

(*Il les conduit à la porte. Catherine a fini de dégager Cyprienne et l'entraîne vers l'escalier.*)

SCÈNE XXXVI

LE PÈRE, JACQUES.

LE PÈRE (*à Catherine qui sort*)

Ramène Marie.

JACQUES (*brisé*)

Il faut appeler maman.

CATHERINE

Oh ! Jacques, écoute, tiens-toi un peu. Qu'est-ce que ça sera quand on te mariera si tu es déjà dans cet état-là pour ta sœur...

(*Elle sort.*)

JACQUES

Maman !... Maman !...

(*Remue-ménage du côté de la fosse. Emerge le voisin, tout couvert de terre et de merdre et les doigts écartés, tâtonnant.*)

SCÈNE XXXVII

LES MÊMES, LE VOISIN.

LE PÈRE

Tiens ! qui sort de ma fosse ?

(*Il regarde attentivement.*)

Mais c'est notre voisin...

LE VOISIN

C'étaient des blagues, mon vieux.

LE PÈRE

Quoi ? Quelles blagues ?

LE VOISIN

La maison n'était pas du tout par terre. Alors, je m'amène, je vois ça, tu penses, ça m'a fichu un choc. J'ai fait le tour de la cave au grenier, pour être sûr que tout était en place. Du grenier à la cave, plutôt. Je suis rassuré.

LE PÈRE

Pourquoi sors-tu de ma fosse à équarrir ?

LE VOISIN

Eh bien, juste au moment où j'allais remonter, j'ai entendu du bruit et le plafond de ma cave m'est tombé sur la gueule. Alors. j'ai creusé vers toi... au jugé.

(*Il renifle.*)

Mais je suis quand même content que la maison n'ait rien.

LE PÈRE

Ah bon !... Alors, je comprends.

LE VOISIN

Faudra que tu m'aides à réparer le plafond de ma cave.

LE PÈRE

Oh ! on fera ça demain. Aujourd'hui, on s'occupe de la petite. Tout est pour elle, maintenant.

JACQUES

Papa, va chercher maman...

LE PÈRE

Mais oui, mon petit, je vais l'appeler. J'allais le faire.

LE VOISIN

Ne lui passe donc pas tous ses caprices...

LE PÈRE

Jacques a toujours été plus affectueux que les autres. Et puis ce n'est pas un caprice ; tu te figures qu'on va marier Cyprienne sans sa mère ?

(*Pendant ce temps, il range des outils, puis il va vers la porte de droite et appelle :* Marie !... *Elle entre par la porte du fond.*)

SCÈNE XXXVIII

LES MÊMES, LA MÈRE.

LA MÈRE

Me voilà.

(*Affolée.*)

Qu'est-ce qu'il y a ? Jacques est couché ?

(*Elle fond en larmes.*)

Un accident ? Mon petit garçon !

LE PÈRE

Dis donc, Marie, as-tu vu si le troisième cochon a eu sa soupe ?

LA MÈRE

Le troisième cochon ?... Il y a un troisième cochon et tu ne me l'as pas dit ?... Je vais le voir.

(*Elle va pour sortir. Le père lui court après.*)

LE PÈRE

Mais non, mais non, reste ici, voyons. C'est une blague !

LA MÈRE (*vexée*)

Tu me fais toujours des blagues...

(*On s'attend à ce qu'elle fonde en larmes, mais elle se ressaisit et envoie un formidable direct dans l'estomac du père.*)

LE PÈRE (*suffoqué*)

Ouille !...

(*Il se tient le ventre et saute sur place. La mère regarde son poing, étonnée, puis laisse retomber sa main.*)

Mais, enfin, Marie... Tu deviens folle ?

LA MÈRE (*fondant en larmes*)

Aussi... pourquoi me racontes-tu toujours des blagues ?

JACQUES

Maman !... Viens me consoler !...

LA MÈRE (*s'élançant vers lui*)

Oui, mon chéri ! Tu n'as rien de grave, au moins !...

JACQUES

Je voulais te voir...

(*Elle le dorlote. Le père, chancelant, revient vers son établi. Le voisin se tord silencieusement.*)

LE PÈRE (*au voisin*)

Ça te fait rire, vieux débris ?

LE VOISIN (*offensé*)

Vieux débris ? Je suis du même jour que toi !...

LE PÈRE

Tu es né trois heures avant moi.

LE VOISIN (*maté*)

Je le reconnais.

(*Silence.*)

Peux-tu me prêter un outil ? Je voudrais gratter cette terre.

LE PÈRE

Tu m'embêtes, tu vas tout faire rouiller.

(*Il lui tend un gros clou en maugréant.*)

LE VOISIN

La peste soit des avares et des avaricieux.

(*Coups à la porte.*)

SCÈNE XXXIX

Entrent LES DEUX ALLEMANDS
et LES DEUX AMÉRICAINS *chanteurs.*
Ils ont complètement mélangé leurs uniformes.

PREMIER AMÉRICAIN

Ecoutez ça... On vient de répéter... *Ein, zwei...* (Chœur : *Wenn die Soldaten.*)

PREMIER ALLEMAND

Merci de votre aimable attention.

(*Ils font la révérence et sortent.*)

SCÈNE XL

LES MÊMES, LA MÈRE.

LA MÈRE

Allez, mon Jacquot, je t'ai assez dorloté, maintenant...

JACQUOT

Oh !... non... encore...

LA MÈRE

Ecoute, Jacquot... ce n'est pas de ton âge...

LE VOISIN

Là, je suis à peu près propre.

LA MÈRE

Si la jeunesse dansait un peu ?

LE VOISIN (*se levant*)

C'est ça, je vais chercher mon violon.

(*Il va à la porte et sort.*)

SCÈNE XLI

LE PÈRE, LA MÈRE, JACQUES.

LE PÈRE

Allons, Jacques... On t'a assez cajolé, maintenant. Lève-toi et aide ton père à débarrasser la pièce.

LA MÈRE

Mettez la table à gauche, là, je la dresserai tout à l'heure pour le repas.

(*Ils déménagent la table. Rentre le voisin.*)

SCÈNE XLII

LES MÊMES, LE VOISIN.

LE VOISIN (*tenant à la main un violon flambant neuf*)

J'ai eu de la veine de le trouver du premier coup.

(*Au père.*)

Il était sous l'évier, au beau milieu du salon. Dis donc, pour le plafond de la cave, on commencera par enlever ce qui reste de la maison. Comme ça, on verra ce qu'on fait.

LE PÈRE

Oui... oui... on verra ça demain. Mais, dis donc...

(*Il est frappé d'une idée subite.*)

LE VOISIN

Quoi ?

LE PÈRE

Tu vas toucher des dommages de guerre...

(*Ils se tordent tous les deux à en perdre la respiration. Entrent Catherine et Marie.*)

SCÈNE XLIII

LES MÊMES, CATHERINE, MARIE.

MARIE (*a changé de robe. Très pute*)

Oh ! mais qu'est-ce que vous avez fait, ici ?

(*Battant des mains.*)

On va danser ?

LA MÈRE

Tu as mis ta robe neuve ?

MARIE

L'autre était déchirée...

LE VOISIN

Allez, en place, les danseurs.

(*Il prend son violon et commence à jouer un air vachement swing.*)

LE PÈRE

Allez, Catherine, viens danser avec moi...

(*Le violon s'arrête.*)

LE VOISIN

En réalité, il vaudrait mieux que les fiancés ouvrissent le bal.

LA MÈRE

Je vais les chercher.

LE PÈRE

Je vais téléphoner à Heinz.

(*A la mère.*)

Où se bat-il en ce moment ?

LA MÈRE

Oh ! il est à cinq cents mètres. Demande son capitaine, Künsterlich, il s'appelle.

LE PÈRE

Bien.

(*Il téléphone. La mère sort. Le voisin accorde son violon. Catherine regarde autour d'elle et Jacques se lève et s'étire. Marie esquisse toute seule quelques pas de danse au milieu de la pièce vide. Masquant le récepteur de la main, au voisin :*)

Tais-toi donc, vieux crétin. Je n'entends pas un mot de ce qu'il dit.

(*Violente explosion, puis crépitement ininterrompu de mitrailleuse. Le père termine posément et raccroche. Le bruit diminue.*)

Il arrive tout de suite. Le capitaine me l'envoie dans un instant, ils ont encore trois mètres à faire et ça y est. Ils finissent leurs heures supplémentaires. D'après ce qu'il dit, ça se présente bien.

JACQUES (*indifférent*)

Pour qui ?

LE PÈRE

Oh ! pour les deux. Pour les Américains et les Allemands. Le capitaine n'est pas très fixé, mais il est optimiste.

(*Entrent la mère, puis Cyprienne avec un petit sparadrap.*)

LE PÈRE

A la bonne heure ! Voilà ma grande fille.

(*Elle se laisse embrasser.*)

Eh bien, voilà qui est parfait. Tu es en forme, au moins ?

CYPRIENNE

Oui, naturellement.

LA MÈRE

On va te faire une surprise. Ton fiancé sera là dans cinq minutes. Tu ouvriras le bal avec lui.

LE PÈRE

Tu vois qu'on fait tout ce qu'on peut pour que tu sois heureuse.

CYPRIENNE

Vous ne pourriez pas me trouver un autre fiancé, pendant que vous y êtes ?

LE PÈRE (*riant aux éclats*)

Ah ! ah ! Sacrée Cyprienne. Allons, tu es bien contente de l'épouser, ton Heinz !...

(*Cyprienne approuve, l'air dégoûté.*)

LE VOISIN

Je ne sais pas ce qu'a mon violon, je ne peux plus changer de vitesse.

(*Il manœuvre un petit levier sur le violon. Détonation sèche.*)

Ah ! ça marche...

LE PÈRE

Tu nous as fait peur.

JACQUES

Vous pouvez jouer le *Bon Petit Vin Blanc* ?

LE VOISIN

Non, je ne connais pas ça. Moi, je n'aime que la musique américaine.

JACQUES

Alors, vous jouez *Sweet Adeline*...

LE VOISIN

Mais non, des trucs comme *Sweet Sue, Swanee River*...

LA MÈRE

Est-ce que tous les airs américains commencent donc par un S ?

JACQUES

Mais non, maman, tu es idiote.

LA MÈRE (*détachée*)

Ah bon !

LE VOISIN

Qu'est-ce qu'il fabrique, le fiancé ? Il faudrait qu'il se dépêche pendant que mon violon marche encore.

(*Coups à la porte.*)

TOUS

Ah !... Oh !... Le voilà !

(*Entrent deux sœurs de charité.*)

SCÈNE XLIV

LES MÊMES, DEUX SŒURS DE CHARITÉ.

PREMIÈRE SŒUR

Pour les pauvres de la paroisse, s'il vous plaît !

TOUS

Hou ! hou !...

(*Ils se précipitent sur les sœurs et les éjectent.*)

LE PÈRE

Un jour comme ça ! C'est du culot !...

(*Coups à la porte. Silence de mort.*)

SCÈNE XLV

LES MÊMES, *moins* LES DEUX SŒURS, *plus* HEINZ *et* LE CAPITAINE.

(*Timides et rougissants, ils saluent en portant la main à la casquette.*)

HEINZ

Bonjour, Marie.

CYPRIENNE

Bonjour, Heinz... Il faut que tu m'appelles Cyprienne, maintenant.

HEINZ

Oui ? Tu es blessée ?

CYPRIENNE

Ce n'est rien. J'ai ouvert des boîtes de conserves.

HEINZ (*amer*)

Des boîtes de conserves américaines, naturellement...

CYPRIENNE

Mais non, mon chéri, des conserves de rutabaga.

(*Elle va vers lui et l'embrasse. Détente générale.*)

CATHERINE

Alors, c'est vous le fiancé de Cyprienne ?

CAPITAINE KÜNSTERLICH

Est-ce que je peux dire quelques mots ?

LE PÈRE

Mais nous vous en prions, capitaine. Mes enfants, je vous présente le capitaine Künsterlich.

(*Sourires, hoche-tête, etc.*)

Alors, capitaine, ça va, là-bas ?

LE CAPITAINE

C'est justement ça... A vrai dire, ça va comme ci, comme ça...

LE PÈRE

Tout à l'heure, au téléphone, ça allait bien, pourtant ; vous aviez l'air content.

LE CAPITAINE

Eh bien, bien sûr, ça n'était pas la même chose. Tout à l'heure, j'en avais encore cent neuf sur cent vingt dans mon corps d'armée, et maintenant, tout d'un coup, là, il reste Heinz et moi.

LA MÈRE

Oh !... mais, alors, les amis de Heinz ne vont pas pouvoir assister à son mariage ?

LE CAPITAINE

J'en suis bien désolé, madame, j'ai bien peur que Heinz ne puisse pas se marier maintenant. Heinz, mon vieux Heinz !

(*Heinz se blottit dans les bras de Cyprienne.*)

LE PÈRE

Mais pourquoi ?

CATHERINE

Ça n'a pas d'importance, si ses camarades ne peuvent pas venir.

LE CAPITAINE

Ce n'est pas ça, c'est que si je n'ai plus de soldats, je ne suis plus capitaine.

LA MÈRE (*enjôleuse*)

Vous y tenez tant que ça à être capitaine ?

LE CAPITAINE

On est considéré, vous savez. Allez, Heinz, dis au revoir à ces messieurs-dames et viens chercher notre téléphone. C'est tout ce qui reste. Ces Américains cassent absolument tout.

(*S'avisant de la présence de Jacques.*)

Ne vous vexez pas surtout, je ne disais pas ça pour vous.

(*Geste de Jacques. Le capitaine constate l'hostilité générale.*)

Vous comprenez la délicatesse de ma position.

(*A la mère.*)

Madame, ne me regardez pas comme ça... Ça n'est pas ma faute si les cent dix-huit autres sont morts. Qu'est-ce que vous voulez, il me faut au moins un soldat, n'est-ce pas ?... Faites-moi sentir que vous me comprenez !...

(*Pendant ce temps, Catherine furète sur l'établi et se trouve derrière lui. Elle saisit un marteau et l'assomme. Il tombe dans la fosse que le voisin vient d'ouvrir en manœuvrant le levier.*)

CATHERINE

Allez. On va les marier en vitesse. Toi, maman, tu vas vite préparer le dîner de mariage.

(*Elle regarde sa montre.*)

Et comme ça, si on s'y met tous, on peut être prêts à l'heure et tout sera réglé.

JACQUES

Je reviens tout de suite.

(*Il sort.*)

LA MÈRE

Heinz, Cyprienne, venez chercher des œufs avec moi.

(*Ils sortent.*)

Mettez le couvert, vous autres.

(*Entre André.*)

André, nous manquons de femmes. Tu vas aller t'habiller en fille.

ANDRÉ

Vous êtes folle ? Non, mais alors ! Je ne veux pas !...

CATHERINE

Mais si... Tu veux bien...

(*Elle le regarde d'une certaine façon. André sort. Le père s'étire et regarde Catherine avec admiration.*)

SCÈNE XLVI

CATHERINE, LE PÈRE, LE VOISIN.

LE PÈRE

Toi, au moins, tu en as une drôle de paire...

LE VOISIN

Ça, c'est vrai, tu en as un drôle de père...

LE PÈRE (*sèchement*)

Ce n'est pas du tout ça que j'ai dit, sinistre vieillard. Aide-moi à préparer tout pour le déjeuner. Catherine, tu veux mettre la nappe ?

CATHERINE

Mais papa, la table est encombrée.

LE PÈRE

C'est rien, on va débarrasser.

(*Au voisin.*)

Débarrasse la table, toi, au lieu de te tourner les pouces sans arrêt.

LE VOISIN (*maugréant*)

J'ai jamais su me tourner les pouces et tu viens me reprocher ça.

(*A la dérobée, il essaie de se tourner les pouces.*)

LE PÈRE

T'as pas fini ?

(*Il lui donne une grande claque sur la main.*)

Débarrasse la table, je te dis.

LE VOISIN

Va te faire...

(*Œil terrible du père.*)

Va te faire un peu la barbe, voyons, pour le mariage de ta fille...

(*Le voisin va à la table, prend un grand bout de bois et racle tout par terre.*)

LE PÈRE

Enfin, tu t'y mets...

(*Catherine arrive avec une nappe.*)

Allez-y, mes enfants.

SCÈNE XLVII

LE PÈRE, CATHERINE, LE VOISIN, ANDRÉ.

(*André entre en fille.*)

ANDRÉ (*pleurnichant*)

Pourquoi m'avez-vous fait habiller comme ça, Catherine ? J'ai l'air d'un crétin.

CATHERINE

Mais non, tu es très gentil.

(*Silence. Ils arrangent la table. Fleurs sur la table. Une grosse varlope sur la table. Des squelettes de têtes de chevaux sur chaque assiette, une serviette entre les dents.*)

ANDRÉ

Catherine, est-ce que je peux remettre mes souliers bas ? Chaque fois que je marche, je me casse la gueule.

LE VOISIN

Entraîne-toi, sacré nom ! Ce n'est pas plus difficile que de faire du trapèze, quand même !

ANDRÉ

Je ne sais pas faire de trapèze non plus.

(*Catherine hausse les épaules. Silence. André se lève, essaie de marcher, et se fout par terre après une cabriole invraisemblable.*)

ANDRÉ

Oh !... Mâerde !...

LE PÈRE

Passe-moi tes souliers, je vais t'arranger ça.

(*André, assis par terre, se déchausse et donne ses souliers au père, qui visse sous chaque talon une large plaquette de bois, puis les lui rend.*)

ANDRÉ

Comme ça, ça va aller mieux, sûrement.

(*Il les met, marche avec, se prend un pied dans l'autre. Nouvelle chute encore plus effrayante. Il reste là quelques instants.*)

LE VOISIN

Je vais faire pipi.

(*Il sort.*)

LE PÈRE

Fais un peu attention, Jacqueline...

(*André ne bouge pas.*)

Tu entends ?

ANDRÉ

C'est à moi que vous parlez ?

LE PÈRE

Oui. Je ne peux pas t'appeler André, habillé comme tu es. J'ai l'impression de parler à un pédéraste. J'ai horreur de ça.

ANDRÉ (*effondré*)

Moi aussi.

(*Il se relève. Coups à la porte.*)

SCÈNE XLVIII

LE PÈRE, ANDRÉ, L'ALLEMAND DU PREMIER ACTE (*qui avait laissé son fusil pour mieux courir*).

L'ALLEMAND

Bonjour, monsieur, bonjour, mademoiselle.

(*André fait un sourire et une révérence.*)

Vous me reconnaissez, oui oui ?

LE PÈRE

Non.

L'ALLEMAND

J'avais laissé là, ce matin, un fusil, un canon et des armes. Est-ce que je peux les reprendre, oui oui ?

LE PÈRE

Si vous les trouvez. On les a peut-être rangés.

L'ALLEMAND

Vous préparez la table ? C'est pour célébrer l'événement, oui oui ?

LE PÈRE

Quand on marie sa fille, on peut bien mettre les petits plats dans les grands.

L'ALLEMAND

Certainement, oui, oui ça tient moins de place dans la totalité.

LE PÈRE

Au fait, vous voulez peut-être rester là ? C'est qu'il n'y a plus beaucoup de place, je crois...

(*Il regarde avec inquiétude du côté de la fosse.*)

L'ALLEMAND

Je ne veux pas vous déranger dans vos préparatifs.

(*Il jette un coup d'œil à André, qui baisse la tête en rougissant.*)

Mais je resterais volontiers, certainement monsieur.

LE PÈRE

Alors, habillez-vous en fille. Et, comme ça, vous aiderez Jacqueline à mettre la table.

L'ALLEMAND (*déçu*)

Ah !... C'est un garçon...

LE PÈRE

Bien sûr !... Vous me croyez incapable de faire travailler des garçons ?

L'ALLEMAND

Excusez-moi, mais je dois aller rejoindre mon unité, oui oui. Car nous ne sommes plus qu'une dizaine et on était une centaine.

LE PÈRE

Je regrette. Passez tantôt si vous voulez. Vous connaissez Heinz ?

L'ALLEMAND

Naturellement.

LE PÈRE

Alors, venez lui serrer la main, ça lui fera plaisir.

(*Il regarde la fosse.*)

L'ALLEMAND

Alors, pour mes affaires, monsieur, elles sont là ? Oui oui ?

LE PÈRE

Voyez dans la cour.

(*L'Allemand sort.*)

SCÈNE XLIX

LE PÈRE, ANDRÉ, CATHERINE.

(*Elle arrange le couvert, sort, entre, etc.*)

ANDRÉ

Ils ne reviennent pas vite.

LE PÈRE

Tu n'es jamais contente. Tu as le temps de mettre le couvert, comme ça.

ANDRÉ

Mes bas ne tiennent pas.

LE PÈRE

Attache-les à quelque chose. Tu ne sais pas encore t'habiller, à ton âge ?

ANDRÉ

Je sais parfaitement m'habiller, mais mes seins tombent tout le temps aussi.

LE PÈRE

Passe-toi une ficelle autour du cou, comme ça... C'est ce que fait ta mère.

SCÈNE L

LES MÊMES, *puis rentrent* HEINZ *et* CYPRIENNE (*Heinz a l'air fâché*).

LE PÈRE

Et ces œufs ?

HEINZ (*râleur*)

Oh ! c'est pas la peine de se baisser pour des œufs, surtout quand il n'y en a pas. Moi, je ne m'occupe plus de rien. Les Américains sont là, qu'ils se débrouillent.

CYPRIENNE

Heinz, tu ne vas pas bouder aujourd'hui ?

HEINZ

Non, enfin, c'est formidable... on est là depuis quatre ans, et il suffit que des étrangers arrivent, il n'y en a plus que pour eux...

LE PÈRE

Qu'est-ce qu'il y a ? Il n'a plus envie de se marier ?

CYPRIENNE

Heinz ! Je t'en prie... ne fais pas la tête...

HEINZ

D'abord, qu'est-ce que c'est que celle-là ?

(*Il désigne André.*)

ANDRÉ

Ça va, Heinz, tu vas dire que tu ne me reconnais pas !

(*Heinz hausse les épaules.*)

LE PÈRE

Vous pouvez l'appeler Jacqueline, ça lui va mieux.

HEINZ (*hausse les épaules*)

Faut toujours que vous vous déguisiez, vous autres, les Français. Vous ne pouvez pas vous mettre en uniforme, comme tout le monde ?

CYPRIENNE

Heinz, mon chéri... sois gentil avec papa, je t'en prie.

HEINZ

Moi, je me lave les mains de tout ça, je te dis... C'est pas la peine qu'on se crève pendant des années à remonter un pays, à protéger les gens, à les aider et tout, pour arriver à ce résultat-là... A partir de maintenant, ça sera mon tour de me faire entretenir. Et maintenant, quand est-ce qu'on mange ?

LE PÈRE

Il faut attendre que Jacques revienne. S'il a été chercher le pasteur, ça peut lui prendre un bout de temps. Il n'y en a pas à dix kilomètres à la ronde.

HEINZ (*acerbe*)

Oh ! je suis sûr que les Américains n'ont pas débarqué sans pasteur.

(*Il s'étire. Entre le voisin.*)

SCÈNE LI

LES MÊMES, LE VOISIN.

ANDRÉ

Est-ce que je peux aller remettre mon pantalon ?

LE PÈRE

Ecoute, Jacqueline, tu vas nous ficher la paix.

CATHERINE

Tu peux bien garder ta robe pour faire plaisir à ton père !...

LE PÈRE

Le curé aussi porte une jupe, crétin !... Est-ce qu'il proteste ?

LE VOISIN

En tout cas, il m'a dit hier que c'était bien emmerdant pour grimper aux arbres... Et si je vous jouais un peu de violon pour passer le temps ?

(*Coups et voix de Jacques.*)

SCÈNE LII

LES MÊMES, *plus* JACQUES.

(*Jacques entre, suant et soufflant. Il fait un signe pour qu'on vienne l'aider.*)

JACQUES

André !

ANDRÉ

Quoi ?

JACQUES

Viens m'aider.

ANDRÉ

C'est pas un travail de femme, ça. Je ne suis pas habillé pour...

LE VOISIN

Je vais vous donner un coup de main, si vous voulez.

JACQUES (*le regarde*)

Si vous voulez...

(*Ils sortent et reviennent avec deux grosses boîtes pesantes.*)

LE VOISIN

Putain ! C'est pesant !...

(*Même jeu. Ils rentrent la seconde caisse et la déposent dans un endroit qu'on ne peut voir de la salle.*)

JACQUES

Merci. Je vais chercher la troisième.

LE PÈRE

Qu'est-ce qu'il y a, là-dedans ?

JACQUES

C'est un pasteur. Il est démonté. Je vais chercher ses vêtements. Tu peux commencer à ouvrir les caisses.

(*Le père et André prennent des outils et vont vers les caisses tandis que Jacques ressort, prend la troisième caisse, plus petite, et revient vers eux.*)

LA MÈRE (*s'approchant d'eux, suivie du voisin qui, pendant ce temps, s'est escrimé avec son violon, lui collant du sparadrap en croix*)

Où l'as-tu trouvé, Jacques ?

(*Jacques se redresse et revient.*)

JACQUES

Il y en avait des caisses et des caisses plein la plage. On les distribue à qui en demande.

HEINZ (*railleur*)

Vous êtes pas mal organisés... J'ai l'impression qu'on n'a plus qu'à se laisser vivre...

(*Il regarde Jacques. Celui-ci se rengorge.*)

JACQUES

J'en ai pris un du grand modèle.

CATHERINE

Des pasteurs, du coca-cola et des voitures... C'est toujours à ça que ça revient, la démocratie occidentale. Et c'est pour ça que ces imbéciles-là se font casser la figure. Tu peux le laisser en pièces détachées, ton pasteur, pour ce qu'il va servir !

JACQUES

Ne t'en fais pas. Il servira. Et il est monté avec un radar.

CATHERINE

Ça lui fait une belle jambe.

(*Elle ricane, méprisante.*)

Ça ne vaut pas l'artillerie russe.

LA MÈRE

Allons, Jacques. Allons, Catherine, veux-tu laisser ton frère tranquille !...

(*Au père.*)

Dis donc, si vous vous arrêtiez de remonter ce truc-là, et si vous veniez déjeuner... Je crois qu'il vaut mieux qu'on fasse le déjeuner avant le mariage... avant la cérémonie, je veux dire...

LE PÈRE

Cyprienne, appelle ta sœur.

CYPRIENNE

Oui, papa.

(*Elle va à la porte.*)

Marie, à table !

(*Elle revient.*)

LA MÈRE

Allons, installez-vous. Jacques, tu te mettras à ma gauche.

(*Jacques passe. Catherine lui fait un croc-en-jambe. Chute retentissante. Il se lève, se déchausse posément un pied et flanque son soulier à la tête de Catherine. Le soulier la rate et passe juste à travers la fenêtre. La mère continue à placer ses invités.*)

Cyprienne à ma gauche, Heinz à ma gauche, les autres... à ma gauche.

(*Ils s'approchent tous de la table et s'installent.*)

LE PÈRE (*se relève*)

Ecoute, Marie, puisque Marie n'est pas là, je vais finir de remonter le pasteur. Ce n'est pas aimable de le laisser là-bas comme il est, avec le foie à l'air et les jambes détachées. Ça me gêne.

(*Il passe à droite et va terminer le pasteur qui se lève, en uniforme avec les petites croix au revers, un peu abruti. Pendant ce temps-là :*)

LE VOISIN

Vous n'avez pas de porto ? J'aime bien un verre de porto avant de commencer le repas.

LA MÈRE

Je n'ai que du Martini.

LE VOISIN

Ah non ! Pas de Martini ! Le directeur de la maison est protestant.

JACQUES (*menaçant*)

Vous avez quelque chose contre les protestants ?

LE VOISIN

Oui. Une dent.

JACQUES

Peut-on connaître la raison ?

LE VOISIN

Ils n'ont pas de cravate.

JACQUES

Si ça vous dérange, vous n'avez qu'à vous faire protestant aussi.

LE VOISIN (*songeur*)

Mon Dieu... Mais, au fait...

JACQUES

Et puis, à la fin, vous m'emmerdez !

LE VOISIN

Ecoute, Jacques, tu vas trop loin.

(*Il brandit son violon et le casse sur la tête de Jacques. Puis le regarde avec désolation.*)

Mince ! Tout mon travail à refaire...

(*Il s'éloigne vers l'établi.*)

LE PÈRE (*s'approchant avec le pasteur*)

Je vous présente le révérend...

(*Il se tourne vers le pasteur, interrogatif. Le pasteur fouille dans sa poche et tire un petit morceau de papier qu'il déplie.*)

LE PASTEUR

Taylor... Robert Taylor...

CYPRIENNE

Oh ! c'est Robert Taylor.

(*Elle se précipite et l'attrape par la manche.*)

Venez vous asseoir à côté de moi.

JACQUES

Qu'est-ce qu'il y a ? J'ai dû me tromper de caisse...

(*Au révérend.*)

Vous êtes bien pasteur ?

LE PASTEUR

Mais certainement.

JACQUES

Excusez-moi, c'est ce nom... Je ne comprends pas...

CATHERINE (*ricane*)

C'est bien ça, la civilisation américaine. De la propagande et toujours de la propagande. Ils ont des pasteurs, il faut qu'ils leur collent des noms de vedettes de cinéma. Et vous marchez tous...

LE VOISIN

Eh ! Ça a du bon !

(*Au révérend.*)

Vous touchez les mêmes rations que les soldats ?

LE PASTEUR

Non, nous sommes assimilés aux lieutenants ou aux capitaines suivant notre âge. Six bouteilles de whisky par mois.

(*Il regarde son verre et s'adresse à Jacques.*)

Voulez-vous voir dans la caisse. Il doit y en avoir une.

LE VOISIN (*s'y rue*)

Macarelle !... Fille de pute...

CYPRIENNE

Vous voulez me donner un autographe ? Vous êtes toujours marié à Barbara Stanwyck ?

HEINZ

Elle est juive, hein ?

(*Soupir nostalgique.*)

Ah ! Sarah ! Ils m'ont donné mille marks quand je l'ai dénoncée.

(*Soupir de regret. A bien noter la différence entre le soupir de nostalgie et le soupir de regret. Le second se produit en hochant la tête.*)

J'ai tout dépensé.

JACQUES

Mon révérend, ne croyez-vous pas qu'il serait plus normal de les unir tout de suite, avant de déjeuner ?

LA MÈRE

Mais enfin, qui vous presse ? Vous aurez bien le temps après !...

SCÈNE LIII

LES MÊMES, *plus* MARIE.

(*Marie a changé de robe, un peu déshabillée. Genre Dior.*)

CATHERINE

Ah ! Enfin, te voilà !

(*La mère les regarde l'un après l'autre, et Cyprienne regarde le pasteur avec des yeux ronds.*)

MARIE

Qu'est-ce qu'il y a ? J'étais pas perdue ! Vous savez qu'il y a trois Américains, là-haut.

CATHERINE

Il y en a partout, évidemment.

HEINZ

C'est des vrais doryphores, ces types-là !

(*Il rit.*)

LE PÈRE (*sert à boire*)

Tenez, monsieur Taylor, je vous sers le premier.

CATHERINE

Oh ! là là ! en voilà des embarras, pour ce type.

CYPRIENNE

Mais enfin, Catherine, laisse-nous. C'est très amusant. C'est moi qui me marie, à la fin !

LE VOISIN (*se retournant et agitant son débris de violon*)

Je ne peux pas arriver à le réparer.

(*Catherine donne un coup de poing au verre qui passe et le renverse sur Jacques. Le verre saute en l'air et se fracasse avec bruit. Tous se lèvent.*)

CATHERINE

Va chercher un autre verre dans tes caisses, tiens, celui-là n'est pas solide.

(*Jacques lui verse le sien dans le cou.*)

Salaud ! Sac à roubles ! Enfant de singe ! Ta grand-mère était une guenon trotskyste !...

LE PÈRE (*sévèrement*)

Catherine ! Je ne sais pas si c'est au Kremlin qu'on t'a appris à parler comme ça, mais...

(*Catherine se jette sur Jacques. Ils roulent à terre.*)

LA MÈRE

Ecoutez, Catherine et Jacques, voulez-vous finir !

(*Elle prend une carafe et revient la vider sur les deux combattants. Ils se relèvent.*)

CATHERINE

Tout ça, c'est de la faute de Jacques.

LA MÈRE

Catherine, laisse ton frère.

CATHERINE

On n'avait pas besoin de Jacques pour marier Cyprienne et Heinz.

(*Elle envoie un direct à Jacques.*)

JACQUES

Maman !...

LA MÈRE

Oh ! et puis battez-vous, moi je m'en moque.

(*Au père.*)

Viens déjeuner.

(*Au pasteur.*)

Monsieur, je vous en prie, asseyez-vous. Cyprienne, fais asseoir les invités.

(*Jacques et Catherine s'asseyent.*)

LE VOISIN

Après vous.

LE PASTEUR

Je n'en ferai rien.

LA MÈRE

Qui va dire le bénédicité ? Ce n'est pas que j'y tienne, mais ça vous fera sans doute plaisir.

LE VOISIN (*brandit son violon*)

Ça y est, il marche !

(*Le manche se recasse.*)

Merde !

(*Il s'approche de la table, laissant son violon sur l'établi.*)

Je peux dire le bénédicité, si vous voulez.

LE PASTEUR

Attendez... On va compter.

(*Il compte.*)

Pa-pa-ni-ca-le-roi-des-pa-pi-llons-en-jou-ant-à-la-balle s'est cassé le menton.

(*Il triche.*)

A vous, monsieur.

(*Au voisin.*)

LE VOISIN

Ah ! Pour une fois... On peut bien s'en passer.

(*Il s'assied.*)

Je boirais bien un coup de Martini.

LE PASTEUR

A la bonne heure ! Vous y venez.

MARIE

Maman, je peux embrasser le révérend ? Puisque mon fiancé ne revient pas ?

LA MÈRE

Marie !

(*Elle fond en larmes.*)

Je n'ai plus d'enfants !

LE PÈRE

Allons ! Allons !... Marie, calme-toi...

LE PASTEUR

Ce Martini est délicieux.

LE PÈRE

Je le fais moi-même avec les os de chevaux que je trouve quand je nettoie la fosse à la raclette.

LE PASTEUR

Vraiment ?

(*Il boit.*)

Voulez-vous m'en donner un peu plus ?

(*Le père le sert.*)

LE VOISIN (*ricane*)

Ah ! ah ! Tu ne l'as pas eu. Tu te crois malin, hein ?

(*Il tend son verre.*)

LE PÈRE

Et toi ?

(*Il se verse ce qui reste. Tête du voisin.*)

LA MÈRE

Un peu de maquereau, monsieur Taylor ?

LE VOISIN

Allez-y... Il va vous dire que c'est lui qui l'a pêché.

LE PÈRE

Oui, je l'ai pêché. Evidemment.

(*Il tend la boîte de conserves au pasteur.*)

Mais je ne me rappelle plus quand.

LE VOISIN

A quoi tu les reconnais quand ils sont en boîte ?

LE PÈRE

Je leur fais une marque sous la queue.

TAYLOR

Je vous demanderai du sel.

CATHERINE

Attendez un peu qu'on vous envoie en chercher dans les mines, du sel.

(*La mère lui passe le sel. Catherine, au passage, fait voler le sel. Jacques se rue sur elle.*)

LE PÈRE

Vous croyez que c'est raisonnable de se battre comme ça ?

CATHERINE (*revenant très vite à son assiette*)

Passe-moi du maquereau.

(*Elle retourne se battre.*)

MARIE (*très pin-up, l'air détaché*)

Dis, maman, je peux me battre avec eux ?

(*Pendant toute la bagarre, les combattants échangent de temps en temps de brèves injures : Salaud ! Cannibale ! Fille de pute ! etc.*)

LE PÈRE

Marie ! Passe le poulet à monsieur le pasteur.

TAYLOR

Il a l'air parfait. Coupez-moi une cuisse, c'est le morceau que je préfère.

LA MÈRE

André, tu peux venir manger avec nous, maintenant.

(*Les combattants accrochent l'établi, qui s'effondre.*)

LE VOISIN (*se levant de table*)

Nom de Dieu ! Mon violon.

(*Il y va, le saisit et revient à table. Catherine se relève.*)

CATHERINE (*au révérend*)

Alors, je me bats à cause de vous et vous bouffez du poulet, espèce de réactionnaire. Qu'est-ce que vous croyez ? Que ça va s'arrêter comme ça ?

TAYLOR

Mais... Heu... Je ne vous ai pas demandé de vous battre. Et d'abord, effectivement, vous vous battez *à cause* de moi, mais pas *pour* moi. Faut pas confondre !

CATHERINE

Allez ! Au boulot !

(*Elle le met sur ses pieds et le précipite dans la bagarre. Hurlements de Jacques.*)

JACQUES

Lâche-ça, Robert ! C'est mon pied !

LE PASTEUR

Je m'en fous. Je ne connais plus personne.

(*Il se redresse un instant.*)

Est-ce que mon fond de teint tient toujours ?

(*Un direct de Catherine l'atteint au menton. Il s'effondre. Catherine saute en l'air comme au rugby et retombe sur le groupe.*)

MARIE (*criant et trépignant*)

Oh ! maman, laisse-moi y aller !

CYPRIENNE

Laisse-la aller, maman, je t'en prie, pour le jour de mon mariage... Puisque ça l'amuse...

LA MÈRE (*se tournant vers le père*)

Est-ce que tu crois qu'il faut ?

LE PÈRE

Si tu savais ce que je m'en fous !

(*Au voisin qui revient et se verse à boire.*)

Dis donc, vieille crapule, tu m'en laisseras ?

HEINZ

Ma Cyprienne...

(*Il devient tendre.*)

Donne-moi du poulet.

(*Elle le sert.*)

LE VOISIN (*examine son violon avec attention*)

Ils ont brisé mon violon... Car il avait l'âme française.

(*Il se précipite. Taylor sort du tas à ce moment-là, il lui fracasse le violon sur le crâne. Taylor regarde en l'air, se tâte et recommence à se battre. Le voisin recule, prend son élan, loupe son coup, se fout la gueule par terre et reste inerte.*)

LE PÈRE

Le capitaine Künsterlich est toujours dans la fosse, je crois ?

HEINZ

Oui, je ne l'ai pas revu.

(*Grande explosion au-dehors.*)

LA MÈRE

Ça y est. Ils recommencent à faire du bruit. On ne peut pas marier sa fille tranquillement. Qu'est-ce que ça serait si on avait invité des amis !...

LE VOISIN (*relevant la tête de son coma*)

Je ne suis pas un ami, moi ?

LE PÈRE

Si, mais on ne t'a pas invité.

(*Le voisin retombe dans son coma.*)

TAYLOR

Voulez-vous lâcher ma jambe. Oh ! Ah !... Cent jours d'indulgence si vous lâchez ma jambe. Aïe !

(*Furieux.*)

Espèce de nœud volant, vas-tu lâcher ma jambe ?

(*Il fait un coup de judo à Jacques qui se retrouve debout, tourne sur lui-même comme une toupie et tombe dans la fosse à équarrir. Bruit métallique effrayant.*)

HEINZ

Quel drôle de bruit ! Vous aviez laissé ses médailles au capitaine Künsterlich, sans doute ?

LE PÈRE

Oui, c'est vrai. Je vais voir.

(*Il se lève, fait un mouvement tournant et s'approche de la fosse. A ce moment, les combattants roulent sur eux-mêmes et la table s'effondre sur eux dans un vacarme indescriptible. Marie se lève, elle enlève ses souliers et se précipite.*)

MARIE

Oh !... Je ne peux plus tenir !

LA MÈRE

Jacqueline, aide-moi à mettre la table debout.

(*André l'aide. Le père revient en hochant la tête. Il ramasse une assiette, s'assied par terre et commence à manger.*)

TAYLOR

Seigneur ! Seigneur ! A l'aide ! Lâchez-moi, espèce de folle !

(*Il se dégage, poursuivi par Marie. Elle lui court après et il disparaît dans la fosse. Elle saute en l'air et se laisse retomber dedans avec un ricanement terrible.*)

HEINZ

C'est la punition du ciel. Il n'avait qu'à ne pas embêter les autres.

ANDRÉ

Est-ce que je peux aller remettre mon pantalon ?

LE PÈRE

Tu n'es pas bien, comme ça, Jacqueline ? Tu sais, tu auras plus de succès avec les Amerlauds si tu restes comme ça.

ANDRÉ

J'aime mieux aller remettre mon pantalon et ne pas avoir de succès. Et puis, ça me fait froid aux fesses, à la fin.

(*A ce moment-là, la porte s'ouvre. Entrent les deux F. F. I.*)

SCÈNE LIV

LES MÊMES, *plus* LES DEUX F. F. I.

LE COLONEL (*criant très fort*)

Nous revoilà !...

LE PÈRE

Bonjour ! Vous avez faim ?

VINCENT

Non. On a réfléchi. On vient prendre la Delage. Faut pas être trop regardant.

LE PÈRE

Bien sûr, faut pas être trop regardant. Passez par là.

(*Ils sortent par la cour. Catherine se lève, titube et s'abat dans la fosse.*)

LE PÈRE

Marie, il reste du pâté de foie ?

LA MÈRE

Mais oui. Tiens, le voilà.

(*Elle prend le plat, s'approche et le lui casse sur la tête, puis, chancelante, s'approche de la fosse et tombe, la main sur le cœur.*)

ANDRÉ

Je crois que je vais aller remettre...

(*Il sort discrètement. Il reste sur la scène le voisin, toujours étendu par terre, le père qui mange et Heinz et Cyprienne qui commencent à se peloter ferme. Au bout d'un instant, entrent les quatre soldats chanteurs qui attaquent :* Happy Birthday to You. *Cette fois, ils sont tous en uniforme de l'Armée du salut. Ils restent autour de Heinz et Cyprienne en chantant* I Love You Truly *en fond sonore.*)

SCÈNE LV

LE PÈRE, LE VOISIN, CYPRIENNE, HEINZ *et* LES QUATRE SOLDATS.

LE PÈRE (*au voisin*)

Hé... Toi...

(*Le voisin grouille vaguement et se redresse sur les avant-bras, en grognant.*)

Tu te sens mieux ?

LE VOISIN (*se tenant le menton*)

Pas mal.

(*Il crache quinze dents.*)

Ça s'est bien passé ?

LE PÈRE

Quoi donc ?

LE VOISIN

Ce mariage ?

LE PÈRE

Eh bien, tu étais là ? Tu as vu ?

LE VOISIN

Non.

(*Un temps.*)

Où est mon violon ?

LE PÈRE

Oh !... On ne va pas danser maintenant... Je suis un peu fatigué... Si on mettait un peu d'ordre ici ? Il va falloir que je songe à travailler. Où est ce rabot ?

LE VOISIN

Je crois que je vais aller m'occuper de ma maison.

(*Coups à la porte. Heinz, Cyprienne et les quatre soldats ont monté lentement l'escalier en cortège.*)

LE VOISIN ET LE PÈRE (*en chœur*)

Entrez !

(*Entrent deux officiers français.*)

SCÈNE LVI

LE VOISIN, LE PÈRE, DEUX OFFICIERS FRANÇAIS.

LE VOISIN ET LE PÈRE (*en chœur*)

Bonjour, mes officiers.

LE CAPITAINE FRANÇAIS (*hilare*)

La maison vous appartient ?

(*Il inspecte le désordre effarant.*)

A la bonne heure ! Vous vous en êtes tiré sans beaucoup de mal, vous au moins !

LE VOISIN ET LE PÈRE (*en chœur*)

Ah ?

LE LIEUTENANT

Si vous voyiez le reste du village...

LE VOISIN ET LE PÈRE (*en chœur*)

Tout est par terre ?

(*L'autre hoche la tête.*)

LE CAPITAINE

J'ai une mauvaise nouvelle à vous annoncer. Et une bonne aussitôt après.

LE VOISIN ET LE PÈRE (*en chœur*)

J'aime mieux la bonne d'abord.

LE CAPITAINE

Eh bien, d'abord, vous êtes libérés.

LE VOISIN

Oui ?

(*Il se met au garde-à-vous, voit que le père ne fait rien et reprend sa position normale.*)

LE CAPITAINE

Et ensuite...

(*Il s'arrête, gêné.*)

LE PÈRE

Ne vous gênez pas.

LE CAPITAINE

Eh bien...

(*Il s'arrête et change de ton.*)

Je dois d'abord vous dire que je représente le ministère de la Reconstruction.

(*Le père ne dit rien.*)

A ce titre... Euh... Je m'occupe du Plan Futur.

(*Au lieutenant.*)

Hum... Allez-y, lieutenant, je l'ai prévenu avec des ménagements.

LE LIEUTENANT (*au père*)

Votre maison n'est pas dans l'alignement.

LE PÈRE

C'est la première fois qu'on me dit ça.

LE CAPITAINE (*prenant le père par le bras et se dirigeant vers la fenêtre*)

Il y aura là, dans l'avenir, une vaste perspective, plantée de peupliers résineux du Japon. Des vasques et des fontaines compléteront le tableau. Des plantes rustiques parfumeront l'air.

LE LIEUTENANT (*fait un signe à la porte*)

Boby ?

SCÈNE LVII

LES MÊMES, *entre* UN SCOUT *qui se met au garde-à-vous scout.*

BOBY

Scout de France, toujours prêt, le cœur sur la main.

LE LIEUTENANT

Vous pouvez apporter la chose.

(*Le scout sort et rentre avec une caisse de dynamite. Il allume la mèche et sort. Explosion qui fait la nuit complète sur la scène. Les décors s'envolent. Toile de fond. Ruines couvertes de verdure. Tas de débris au premier plan. Le capitaine et le lieutenant sont assis à côté du père, étendu mort. Le voisin lui tient la tête et la laisse retomber.*)

LE CAPITAINE (*se relevant*)

Bah ! On ne fait pas d'omelettes sans casser des œufs...

LE VOISIN (*lui prenant son revolver et lui tirant dessus*)

C'est mon avis.

(*Il tire ensuite sur le lieutenant qui le tue à son tour d'un coup de pistolet.*)

LE LIEUTENANT

Et vive la France !...

(*Une* Marseillaise *abominablement fausse éclate. Le lieutenant se redresse et sort en marchant au pas de l'oie. Rideau.*)

FIN

(*Qui, par un heureux hasard, coïncide avec celle de la pièce.*)

L'ÉQUARRISSAGE ET LA CRITIQUE[1]

Nous avons réuni ci-après, classées selon l'ordre alphabétique des noms de leurs auteurs, quelques-unes des critiques parues sur L'Equarrissage. *Elles figurent en entier ; on fait tout dire avec des citations isolées. Elles sont parfois suivies d'un commentaire : de fait, j'ai répondu personnellement à toutes, bonnes ou mauvaises, et si je me suis permis de résumer quelques-unes de mes réponses, c'est que certains, mécontents de ces réponses, ont prétendu par la suite que je leur avais écrit des lettres d'injures, et que je m'étais vexé... il n'y avait pas de quoi, et ce n'est guère mon habitude. Mais si l'on aime affirmer sans preuves, on déteste d'autant de se voir raillé...*

*
* *

Par ordre alphabétique, René Barjavel vient en tête. Je dois avouer que son article m'a fait plaisir (je serais difficile...) Je ne puis ici que le remercier encore.

B. V.

1. Cette reproduction des critiques subies par *L'Equarrissage pour tous* lors de sa création et leur commentaire par Boris Vian figurent dans l'Edition Toutain.

(Carrefour, *25 avril 1950.*)

BORIS VIAN SE RÉHABILITE

L'événement important de cette huitaine, ce n'est pas la reprise de *Fric-Frac*, ce n'est pas la création d'une pièce de Cronin, c'est la naissance, au Théâtre des Noctambules, d'un auteur dramatique qui pourrait bien s'avérer, en grandissant — s'il veut faire l'effort de grandir — comme un descendant de Jarry. C'est Boris Vian. Qui l'aurait cru ?

Sa première œuvre fut un drame tiré de son roman *J'irai cracher sur vos tombes*. C'était mal fait, faussement violent, maladroitement accrocheur, sans le moindre signe de germination de quelque futur talent.

Sa nouvelle pièce, *L'Equarrissage pour tous*, nous administre la preuve qu'il ne faut désespérer de personne...

L'action se situe à Arromanches, le 6 juin 1944, jour du débarquement. Mais le personnage principal, l'équarrisseur, pendant que les maisons du village volent en éclats et que l'Europe change de destin, ne pense qu'à une chose : marier sa fille. Le fiancé est un soldat allemand. Le père convie au mariage, par « message personnel », via Radio-Londres, ses autres enfants qui sont, l'un parachutiste dans l'armée américaine, l'autre — une fille parachutiste — dans l'armée rouge. Ils arrivent par la fenêtre, suivis d'un parachutiste japonais. Soldats américains et allemands arrivent également, jouent au poker, se saoulent de compagnie, mélangent leurs hymnes et leurs uniformes, cependant qu'un gamin et un centenaire, F. F. I. nés du matin, réquisitionnent les automobiles. La plupart des personnes finissent dans la fosse commune de l'équarrissage. Un officier, attaché au ministère de la Reconstruction, met fin à la pièce en faisant sauter la maison pour la mettre à l'alignement.

Ce résumé vous donnera une bien faible idée

du bouillonnement burlesque de ce « vaudeville anarchiste ». C'est Ubu-Equarrisseur nourri chez Branquignol. C'est un grand souffle de rire secouant les impostures, les peurs, les dogmes, toutes les absurdités solennelles au nom desquelles les « grands » — qu'ils soient deux ou cinq — convient les hommes à l'équarrissage. Il y a encore quelques déplaisants appels du pied. Je pense en particulier à la scène de torture par chatouillement, sur laquelle l'auteur a dû compter beaucoup pour accrocher le public et qui est la seule pendant laquelle on ne rit pas !

Il suffira de deux ou trois coups d'écumoire pour débarrasser la marmite de ces impuretés et rendre toute sa virulence au bouillon de culture.

André Reybaz, qui est décidément un découvreur, va, avec *L'Equarrissage*, susciter le même scandale qu'avec *Fastes d'enfer*. Mais je ne doute pas que le succès le récompense. Sa mise en scène est extraordinaire d'animation. Toute sa troupe, lui en tête, joue à merveille.

Je ne peux conseiller à tout le monde d'aller voir ce spectacle. Il risque de hérisser les poils et les nerfs du public tant soit peu conformiste. Et je ne sais jusqu'à quel point mes réactions correspondent à celles de mes lecteurs...

René BARJAVEL.

*
* *

Marc Beigbeder, dans Le Parisien Libéré :

Sur la scène des Noctambules, *L'Equarrissage pour tous*, de Boris Vian, est tout à fait à sa place, et j'espère que personne ne commettra la bévue de se choquer des audaces, pleines de bon sens d'ailleurs, de cette piécette. Il est hygiénique d'avoir de l'humour même à l'égard de ce qui peut paraître le plus sacré, et Boris Vian n'a fait qu'emboîter gentiment le pas aux dramaturges espagnols, qui, à côté des grands amoureux, plantaient toujours un valet moqueur.

L'action se passe au moment du débarquement, dans une Normandie de fantaisie, chez un « équarrisseur » fort imaginaire, lui aussi, dont les préoccupations centrales, en dépit des événements et des obus, sont pittoresquement familiales. Entrent et sortent, selon une danse organisée avec un abandon précis et piquant, des soldats des deux camps, qui n'ont évidemment que d'assez lointains rapports souvent avec les originaux, mais qui ne manquent pas de couleur. C'est l'occasion, pour l'auteur, de vider son carquois, un carquois plein de flèches agiles, mais après tout assez amènes et pacifiques. Le rythme de *L'Equarrissage pour tous* est d'un vaudeville, — revu et corrigé par Ubu, — mais sa fibre essentielle est, je crois, la taquinerie.

La mise en scène, qui n'était vraiment pas commode, donne une nouvelle preuve de la perfection où en est arrivé André Reybaz. Il a si bien fait agir sa troupe, que même les moments susceptibles d'être un peu creux sont remplis par le prolongement des mimiques et des gestes. Les éléments de cette compagnie, qui commencent à nous être familliers, mériteraient tous d'être cités. Je dirai seulement le vif amusement que m'ont causé les grosses mines d'Yvette Lucas, la robe courte de Catherine Toth, celle plus brève encore de Zannie Campan, les airs effarés de Guy Saint-Jean, ceux faussement naïfs de Roger Paschel et Jacques Muller, les criailleries de Nicole Jonesco et l'abrutissement savant de Reybaz lui-même.

Marc BEIGBEDER.

*
* *

Michel Déon (20 avril 1950) dans Aspects de la France :

Je vois déjà d'ici quelques figures bien chagrines. Que va-t-il se passer maintenant si les hommes de théâtre entreprennent de nous faire rire ? Attention ! Le rire est une maladie contagieuse comme pas une et il se pourrait fort bien que d'ici peu, parce que nous rions au théâtre, tout ce que nous avons enduré sur la scène (et dans la vie !) avec ennui et lassitude depuis quelques années s'effondre et devienne parfaitement insupportable. La facilité avec laquelle un esprit joyeux et peu soucieux de conformisme démolit à boulets rouges tout ce que ses contemporains croient « établi » inspire de saines réflexions sur la fragilité des murs dont on nous entoure. Loin de moi de prêter à Boris Vian, l'auteur de *L'Equarrissage pour tous*, des intentions politiques, religieuses ou morales qu'il se garde bien d'avoir. Il se proclame anarchiste avec, au coin des lèvres, un sourire qui nous rassure : il n'y croit pas non plus. Il est anarchiste comme le sont tous ceux qu'horripilent un certain parti pris de sérieux, une certaine profondeur qui plonge dans le néant. Et il ne l'envoie pas dire que l'on nous ennuie avec la Résistance, la Collaboration, « l'engagement », et que la vérité est peut-être bien autre. Rien n'est certes plus à contre-courant de notre temps que la tentative burlesque de Boris Vian. C'est d'autant plus curieux qu'il a été mis fort à la mode par Saint-Germain-des-Prés (aux non-initiés nous rappellerons qu'il est « trompette » dans son propre jazz qui joue toutes les nuits dans une cave), qu'il s'est fait connaître du public par la pseudo-traduction d'un roman dont l'érotisme violent a, depuis, fait de nombreux petits. Ce que l'on sait moins, c'est qu'il est aussi l'auteur d'un roman charmant, cocasse et tragique à la fois *L'Ecume des jours*, dont la critique, qui craint toujours ses mystifications, s'est bien gardée de parler.

Il n'en a pas moins écrit aujourd'hui un vaudeville pour lequel je ne trouve pas d'autre adjectif que « abracadabrant » et dont le thème est une absence totale et complètement folle d'« engagement ». La scène se passe en effet le 6 juin 1944, le jour du débarquement, à Arromanches, dans la maison d'un équarrisseur qui se plaint du bruit que fait la bataille et se préoccupe uniquement de marier sa fille. Pendant toute la durée de la pièce, Allemands, Américains, Français et F. F. I. font irruption sur la scène, jouent aux cartes, échangent des chansons, des uniformes, caressent à tour de rôle les filles de l'équarrisseur, retournent à la bataille ou au jeu de « base-ball ». Que l'on ne cherche surtout pas d'autre fil que l'entêtement normand de l'équarrisseur à marier sa fille au milieu de cette foire. Absurde ? Je n'en suis pas si sûr. Pour n'en pas douter, il suffirait d'ouvrir le récent journal de Gide pour constater que le jour du débarquement l'illustre écrivain a lu Goethe et trouvé bons les radis. Chacun ses préoccupations et Boris Vian a écrit en réalité la première pièce à la gloire de ceux qui ne sont pas à la hauteur des circonstances.

Le tout est assaisonné de mots, de calembours, de coq-à-l'âne et de traits si justes (qui n'en feront pas moins grincer beaucoup de dents) que les premières scènes sont emportées à une allure aussi essoufflante pour le spectateur que pour les acteurs. Ce début étincelant rend exigeant et le moindre ralentissement est sensible. Mais la fin reprend sur le même rythme et on peut prédire à Boris Vian un beau succès s'il a la chance que ses spectateurs ne soient ni bégueules, ni susceptibles.

L'Equarrissage pour tous est joué par la Compagnie du Myrmidon qui a trouvé son meilleur plateau au théâtre des Noctambules. La mise en scène qui est un véritable tour de force est d'André Reybaz. Il faudrait citer tous les acteurs débordant de fantaisie et visiblement pris à leur propre jeu : Catherine Toth, Guy Saint-Jean, Roger Paschel, Jacques Muller, Jean Mauvais, Nicole Jonesco, etc... et Reybaz lui-même parfait dans le rôle de l'équarrisseur.

Michel DÉON.

*
* *

Guy Dornand (17 avril 1950) dans Libération :

« Je veux enfin souligner tout le courage d'André Reybaz, de Catherine Toth et de tous ceux de leur compagnie... Ils ont eu plus de mérite que moi. »

Ces mots, extraits de la préface du programme et dus à la tardive lucidité de M. Boris Vian, méritent la considération due à tout aveu (s'il est sincère). De tout le spectacle, ces deux phrases sont les seules auxquelles souscrire sans détour, à cette réserve près que la Compagnie du Myrmidon, en général mieux inspirée, se devrait de ne pas gaspiller ses efforts en faveur de laborieux « canulars ».

Un « canular » de rhétorien ; *L'Equarrissage pour tous* n'est rien de plus que cela, avec la provocation systématique de ses outrances, sa volonté de choquer contradictoirement toutes les opinions, son ambition d'épater, comme si le cours récent ou actuel des événements n'éclipsait pas, et de loin, dans le tragique, le ridicule ou le burlesque tous les auteurs dramatiques (même les vrais) et tous les romanciers (même ceux qui ne vont pas chercher leur succès dans n'importe quoi).

M. Boris Vian affirme avoir écrit « contre la guerre » sous prétexte que, le 6 juin 1944, son héros, équarrisseur à Arromanches, est bien moins préoccupé par le débarquement des Américains que par sa décision de marier au fritz qui la lutine depuis quatre ans sa seconde fille. Beau prétexte, en effet, pour ravaler au rang de pantins imbéciles et lâches tous les combattants, ceux qu'on voit (chleuhs, Américains, Français) et ceux qu'on ne voit pas, plus (bien sûr) les civils.

Pour admettre la portée « philosophique » de cette mauvaise farce à peine égayée çà et là de quelques mots d'auteur, il ne faudrait pas, au surplus, y trouver l'astucieux relent d'appels à la sexualité, voire au sadisme ou à la simple « porno » qui fut d'un si fécond rendement pour le romancier Sullivan.

Plaignons donc les artistes du Myrmidon, soumis à la tâche bruyante mais ingrate d'animer cette pantalonnade. Plaignons en particulier Mme Yette Lucas, qui tire un étonnant parti de son physique ; Nicole Jonesco dont le très fin talent ne gagne rien à la révélation généreuse de ses charmes physiques ; Catherine Toth et Jacques Muller.

Guy DORNAND.

*
* *

Monsieur Dornand, je voudrais simplement vous faire remarquer que si le « cours récent ou actuel des événements éclipse de loin dans le tragique, le ridicule ou le burlesque tous les auteurs dramatiques (même les vrais) et tous les romanciers (même ceux qui ne vont pas chercher leur succès dans n'importe quoi) » — liste à laquelle on peut ajouter tous les critiques — même ceux qui connaissent leur métier — et tous ceux qui font quoi que ce soit, on se demande pourquoi vous ne consacrez pas votre talent au cours actuel de ces événements si intéressants. Je crains malheureusement que vous ne soyez éclipsé comme les autres et je ne dirai pas « le plus tôt sera le mieux » parce qu'on sera sans doute tous dans le même bain.

Quant au « rappel de sadisme » et de simple « porno », tout ça se passe dans l'esprit de M. Dornand, esprit mal tourné, c'est visible. Je crois qu'il est le seul à y avoir trouvé tout ça. Ce qui le taquine, comme plus loin Thierry Maulnier, c'est ce « fécond rendement » supposé. Hélas, Monsieur Dornand, pas si fécond que ça... voyez... Ça m'a attiré ces reproches de votre part et ça me peine beaucoup.

*
* *

Voici venir maintenant Max Favalelli, critique parue dans Paris-Presse *le 16 avril 1950. Max Favalelli ne veut pas qu'on l'épate. On n'essayait pas...*

« L'ÉQUARRISSAGE POUR TOUS » :
UN DÉPEÇAGE SANS ISSUE

Sans issues. Car il manque le cœur et les tripes.

L'équarrisseur de M. Boris Viande accroche à son étal tous les morceaux susceptibles (espère-t-on) de susciter chez le client des nausées.

Ce qu'il faut absolument, c'est provoquer. Alors, on accumule ce que l'on estime devoir être des sacrilèges, on bafoue tout pêle-mêle et l'on intitule ça : vaudeville anarchiste.

Je ne suis pas plus bégueule qu'un autre et j'apprécie la satire lorsqu'elle est saine et hardie. Celle-là me paraît douteuse et un rien puérile.

Une pièce contre la guerre ? Outre ! Bougre ! Comme M. Boris Viande y va ! Mettons que ce soit une série de bons mots puisés dans les anas parus sur l'occupation et la libération et ajustés dans le style des films à la Marx Brothers.

Se fâcher ? Tout de même pas. Encore qu'il y ait une plaisanterie sur les Anglais...

Un bourgeois me disait à la sortie : « Tout ça est d'une timidité ! » Car le bourgeois ne s'épate plus de grand-chose. Chaque matin, il a sa ration de scandales, et pour ce qui est du vaudeville anarchiste, il y a belle lurette qu'il est servi.

Rire ? J'ai ri à plusieurs reprises, je l'avoue. Mais je le dois bien plus à l'invention de M. André Reybaz qu'à celle de M. Boris Viande. La mise en scène de M. André Reybaz est, en effet, pleine de vie, de mouvement, et il y a là quelques acteurs qui ont le sens de la caricature et une grande force comique. En particulier Mme Yette Lucas et MM. Guy Saint-Jean (excellent), Roger Paschel, Jacques Muller et Jean Mauvais.

Max FAVALELLI.

*
* *

Max Favalelli auprès de qui je m'excusais d'avoir été inférieur à la tâche et de ne pas pouvoir me hausser au niveau du jeu de mots genre Boris Viande, a perfectionné dans Ici Paris *avec « Boris Viandox » — qui témoigne d'une merveilleuse inspiration. Je dois, en retour, m'excuser de l'avoir baptisé Favaléllipipède dans ma réponse à Jeener ; j'aurais dû ajouter (j'ai précisé depuis) que je ne l'ai nommé Favaléllipipède que parce que je l'avais trouvé un peu cube. Voilà une bonne chose de faite, comme dirait l'équarrisseur... Sans rancune, mon cher Max... après tout, faut montrer qu'on a de l'esprit, nous autres les écrivains.*

*
* *

De André Frank (24 avril 1950) dans Le Populaire :

A BON ÉQUARRISSEUR, SALUT !

On n'aime ou on n'aime pas l'esprit de Boris Vian. Car il y a un esprit Boris Vian, que l'on découvre dans ses romans. *Vercoquin et le Plancton, L'Ecume des jours,* que l'on goûte dans ses poèmes, notamment dans les étonnantes *Cantilènes en gelée* parues avec des illustrations de Christiane Alanore aux Editions Rougerie, qui éclate dans une pièce que la Compagnie de Catherine Toth et André Reybaz présente aux Noctambules : *L'Equarrissage pour tous.* Cet esprit à la Boris Vian est beaucoup plus qu'une des expressions de Saint-Germain-des-Prés, ce à quoi ses détracteurs le réduiraient volontiers ; il dépasse même son auteur. Il apparaît comme l'une des formes de cette pensée gouailleuse, riche en saveur, toujours prête aux exagérations de l'image et aux excès de l'irrévérence qui va de François Rabelais à Alfred Jarry. Et il n'y a pas loin de l'équarrisseur d'Arromanches, avec sa fosse à équarrir, à l'illustre Père Ubu...

Boris Vian donne à sa comédie le sous-titre de « vaudeville anarchiste ». Et nous ne saurions mieux la résumer qu'en donnant la parole à Boris Vian lui-même : « *L'Equarrissage pour tous* est une pièce contre la guerre ! Cette pièce respecte, je l'avoue à ma honte, la règle des trois unités, et se déroule le 6 juin 1944 à Arromanches. On sait qu'il se produisit ce jour-là un débarquement de style américain, dont les effets immédiats furent assez destructeurs, mais qui n'affectèrent en rien le moral des populations ainsi libérées. L'équarrisseur dont j'ai tenté de me faire le porte-parole me semble un spécimen représentatif de l'espèce : en effet, ce qui l'occupe ce n'est point tant ce débarquement auquel il ne prend aucune part, que le mariage de sa fille, problème hautement familial et personnel et qui tire son intérêt de là. *L'Equarrissage* se propose donc de souligner cette vérité qu'un mariage est plus passionnant qu'une guerre, fût-elle mondiale ; il entre dans cette tentative d'illustration un certain nombre de personnages variés, épisodiques, voire légendaires (tel le parachutiste japonais) auxquels je me suis efforcé de prêter la consistance contradictoire qu'ils eussent prise pour un observateur impartial situé, mettons sur Mars... »

Et le tout nous réserve certains des moments les plus savoureux que l'on puisse imaginer. Mais que l'on ne me fasse pas dire ce que je ne dis pas ! Je n'ai pas l'intention d'élever les propos des personnages en règles de morale, ni leur attitude en vérité première. Ce n'est point parce que l'on prend plaisir à fréquenter Panurge ou le père Ubu que l'on s'avise de ranger leurs maximes au grand magasin de la morale où patientent la *République* de Platon et la *Critique de la Raison pratique* de M. Emmanuel Kant.

Ce vaudeville, fort difficile à mettre en scène, a été très bien « traité » par André Reybaz. Et l'interprétation, avec Paul Crauchet, Guy Saint-Jean, Michel Calonne, Jean-Pierre Hébrard, Catherine Toth, Yette Lucas, Jean Mauvais, Roger Paschel, Odette Piquet, René Lafforgue, Jacques Muller, Nicole Jonesco, Zanie Campan, Yves Faucheur possède un sens du mouvement que l'on souhaite, sans, hélas ! le trouver, aux troupes les plus réputées, les mieux entraînées. C'est vraiment du beau travail.

André FRANK.

*
* *

Puis vient J.-B. Jeener. C'est le côté rémunérateur qui le taquine d'abord et il a été choqué par ce talent de revuiste « offert comme un génie de la satire » *(mais offert par qui, Monsieur Jeener, par qui, dites-le nous, par pitié ?). On s'étonne, en outre, de voir si susceptible sur le chapitre de la guerre le collaborateur d'un journal qui taquine le Skorzeny. On s'étonne moins de constater que les critiques de J.-B. Jeener et de Guy Verdot (voir plus loin) sont les plus fielleuses quand on apprend qu'ils ont soumis à André Reybaz leurs propres productions avec un résultat négatif (curieuse coïncidence).*

De J.-B. Jeener (Figaro, *17 avril 1950*).

Par vocation, obsession de soi ou désir de se singulariser, M. Boris Vian crache sur tout et, s'il embouche volontiers la trompette de jazz, il semble préférer celle de la renommée...

Il n'est pas le seul ! Tous les moyens sont bons pour ces avides de conquêtes fallacieuses — mais rémunératrices — et un certain Paris (celui qui confond audace et pacotille) a pour ces pseudo-Jarrys les yeux qu'on réservait jadis pour *Le Cid*. Chaque temps choisit ses bateleurs.

Pour revenir au cas particulier de M. Boris Vian et de sa pièce, l'auteur-musicien a voulu cette fois pourfendre Mars lui-même. C'était, en principe, faire l'unanimité à son profit, car personne n'avouera jamais aimer la guerre.

Cependant, choisissant Arromanches pour situer son action et la datant du moment précis où débutait la Libération, M. Vian a confié les morts de cette bataille à un équarrisseur de son cru. Enfin, le nez bouché et l'âme asphyxiée, il a oublié son singulier propos au bénéfice de la très respectable technique de la tarte à la crème et du recueil vaguement phonétique d'histoires de fou : « Tiens le burlesque, j'enlève le sujet. »

A partir de là, de cabrioles en chatouillis, de verve en paradoxe, de notations en gags et jeux de scène, on trouve de la vivacité au dialogue, de l'ingéniosité à l'agencement des sketches et de la force comique dans les sketches eux-mêmes.

Malheureusement ce talent de revuiste nous est offert comme un génie de la satire et il se gonfle d'un goût qui se veut provoquant alors qu'il n'est que haïssable.

Malheureusement encore, cet appétit de scandale n'a que le visage blême de la mauvaise action et de l'imposture... Un exemple le prouve entre tous : « Je n'ai pas vu d'Anglais ! » s'étonne un personnage. « On se bat ici », répond un autre, goguenard. Comme le dirait Voltaire : c'est à ce prix qu'on se « divertit » au théâtre des Noctambules...

Ce « vaudeville anarchiste » possède l'avantage d'être fort bien joué et mis en scène. Que de talents gâchés, y compris celui de l'auteur !

J.-B. JEENER.

*
* *

Je vous signale, Monsieur Jeener, un notable perfectionnement introduit (selon vos directives) dans le texte précité, le voici en substance :

LE VOISIN : T'as remarqué ? Y a pas d'Anglais !

LE PÈRE : On débarque, ici, on ne rembarque pas.

Ainsi, grâce à vous, les gens rient encore, mais en sachant pourquoi. *Je dis grâce à vous, car si vous aviez compris d'emblée qu'il y avait là une fine allusion à Dunkerque nous n'aurions jamais pensé à introduire cette pertinente amélioration.*

*
* *

De G. Joly dans L'Aurore (*18 avril 1950*).

Une bonne petite soirée et qui nous rassure, tant sur le vigilant opportunisme de M. Boris Vian que sur la forme splendide des Compagnons du Myrmidon. Menacés que nous sommes d'une liquidation universelle et définitive grâce aux foudroyants progrès de la physique nucléaire, la « mise en boîte » intégrale et objective des figurants du récent casse-pipe et la démonstration par l'absurdité des suicides collectifs ne peuvent que gagner à son auteur la sympathie amusée des futures victimes de la guerre totale et totalitaire.

L'Equarrissage pour tous, c'est sous l'aspect d'un *crazy show,* pantalonnade macabre et gaudriole innocente, *Les Bagatelles pour un massacre* transcrites en style burlesque, une entrée de cirque où les gradins dégringolent dans l'arène, tout un chacun étant, cette fois, admis à cabrioler sur la piste avant de s'abîmer dans la fosse commune que le héros de M. Boris Vian a substituée aux oubliettes du Père Ubu.

Certes, la plaisanterie est un peu longue et d'une irrévérence souvent trop appliquée. Mais elle a du moins la franchise de libérer nos intimes réflexes et de formuler le refus que les cobayes de la vivisection atomique ont sur les lèvres. Catapultés ou parachutés à un rythme effarant, les invités de la noce putride de l'équarrisseur d'Arromanches, qui marie ses filles le jour du débarquement allié, parviennent, grâce à l'extraordinaire maîtrise d'André Reybaz, à la souple adresse et à l'esprit inventif de ses partenaires, soutenus par une mise en scène parfaitement rodée, à suppléer aux défaillances de l'auteur, dont la verve parfois défaille et piétine.

G. JOLY.

*
* *

Vient ensuite mon camarade Henry Magnan à qui j'eus l'imprudence de dire que je ne trouvais pas sa critique honnête : je ne pouvais croire qu'il se fût fourré le doigt dans l'œil à ce point catastrophique. Ah, que j'eus tort... Henry Magnan a compris l'observation encore plus traîtreusement que la pièce et il a cru que je réclamais une critique de complaisance. C'est pas croyable. Enfin, je ne lui en veux pas, il faisait seulement l'intérim (Le Monde, *18 avril 1950*).

La compagnie d'André Reybaz et de Catherine Toth a moins parfois que de l'audace : elle fait preuve de témérité. J'aime bien Boris Vian, qui possède divers talents, joue de la trompette en divers caveaux, préconise le port de la chemise à larges rayures vertes et blanches et, non content de traduire son... *alter negro* Vernon Sullivan, écrit — là je ne plaisante plus — de fort attachants romans qu'il a la faiblesse de signer de son nom. Mais...

Mais j'exècre son *Equarrissage pour tous*, présenté hier au théâtre des Noctambules. Il me ferait croire que l'on peut, autrement que par défi, s'en aller cracher sur des tombes encore fraîches. L'histoire se situe dans une ferme d'Arromanches, le 6 juin 1944. Et Vian, dans la préface de son programme avoue qu'il a honte d'avoir respecté la règle des trois unités. C'est amusant, mais quand on songe aux unités qui sont tombées dans ce coin-là on demande à connaître la suite de ce « vaudeville anarchiste » situé dans un injuste décor.

Là, le symbole étend ses voiles transparents. Nous rencontrons dans une ferme des personnages divers, très conventionnels, burlesques dans l'esprit de leur créateur, mais qui portent cependant des uniformes dont notre rétine conserve le souvenir : des « frisés » bien sûr, des Américains, des Français aussi... Seuls les Anglais ne sont pas au rendez-vous, parce que dans le secteur « on se bat ». Ce genre de plaisanterie m'empêche de considérer *L'Equarrissage pour tous* comme une pièce « contre la guerre », au dire de son auteur. C'est une pochade de boulevard sans avenir probablement, mais surtout... sans passé. Car enfin, les Anglais, sans eux la pièce de M. Boris Vian n'eût certainement pas été jouée aux Noctambules.

Je ne prétends pas conter l'intrigue qui réunit ces personnages « vaudevillesques » aux classiques marionnettes de l'anarchie, religieuses, salutistes, pasteur, boy-scout, officiers d'ordonnance homosexuels ; en bref l'habituel jeu de massacre des prédicants du *Libertaire* ou de Notre-Dame... Elle est traversée par les filles de l'équarrisseur, des filles pour tous puisque leur plaisir naît de l'uniforme ôté. Et puis des F. F. I. ridiculisés passent eux aussi du côté cour au côté jardin en marchant sur leur barbe, ce qui, eût ajouté Martini, prouve, à l'encontre des intentions de l'auteur, qu'ils n'étaient pas dénués de courage, vu qu'ils auraient bien pu se casser la figure. Trêve de plaisanteries. Le 6 juin, Arromanches, les soldats morts, les héros torturés relèvent, quelque liberté d'esprit que l'on ait, d'un autre domaine que du vaudeville. Et lorsque Boris Vian prévoit qu'il nous sera « dur de nous rebeller contre un conformisme » enveloppant... il se trompe. Il existe un bien pire conformisme que celui des valeur établies : c'est le conformisme du non-conformisme. Parce que jusqu'alors ce conformisme-là n'a pas imposé ni même révélé beaucoup de valeurs. Et s'il faut se presser de rire de tout avec Beaumarchais ce n'est certainement pas pour essayer de faire rire les autres avec cela même qui les a fait pleurer.

Par intérim : Henry MAGNAN.

*
* *

Tout de même, Henry... tout de même je suis d'accord avec toi : sans les Anglais ma pièce ne serait sans doute jamais passée aux Noctambules, car nous n'aurions jamais eu la guerre — et Dunkerque, comme je l'ai signalé à cet excellent Jeener, méritait bien un petit rappel discret. Quant aux soldats morts, les pauvres, je voudrais savoir où et quand je les raille ; et ils n'empêchent pas que la guerre soit absurde. Pour les F. F. I., même chose : ils étaient spécifiquement du matin ; au reste, les vrais, les voyait-on ? Et tout ceci prouve que mon Henry fut d'assez mauvaise foi. En outre, je me méfie beaucoup de ceux qui, décrétant une fois pour toutes que rien n'est plus conformiste que le non-conformisme, en tirent argument pour stabiliser leur prose au niveau d'une indigence ronronnante et d'une platitude sans danger.

*
* *

Thierry Maulnier, dans La Bataille, Le Rouge et le Noir (*18 avril 1950*).

M. Boris Vian fait, dans les lettres, une carrière qu'il a le bon goût de ne pas nous demander de prendre tout à fait au sérieux. Il gagne de l'argent ; il est une compétence en fait de musique nègre ; il s'amuse, dans le style du moment, et nous amuse quelquefois. Il vient d'écrire un « vaudeville anarchiste » qui s'appelle *L'Equarrissage pour tous* et que joue la valeureuse compagnie d'André Reybaz et Catherine Toth, au théâtre des Noctambules. Thème pacifiste : à Arromanches, le 6 juin 1944, en plein débarquement, un équarrisseur s'occupe du mariage de sa fille. Entrées multiples de soldats allemands, américains et autres, tous burlesques. Tripotage des filles. Grande scène de chatouille. Entrée d'un colonel F. F. I. en culotte courte. Parachutiste soviétique aux cuisses nues. Une douzaine de répliques excellentes et de gags divertissants. « Donne-moi le fer à repasser pour repasser les vaches », qui sont moins convaincantes. Une grande suite dans les idées pour le maniement de l'incohérence. Pendant la première demi-heure, on s'amuse véritablement : on a même le sentiment qu'on se trouve devant une pièce comique originale, telle qu'on n'en a pas vue encore. Mais, dans la seconde demi-heure, cela paraît déjà un peu éculé. Il s'agit d'une espèce de nouveauté dont on se lasse très vite. Elle ne tient pas la distance d'une soirée. Quant à la virulence anarchiste, elle est faible. Heureusement, la pièce est admirablement mise en scène par André Reybaz, qui la presse jusqu'à la dernière goutte de jus comique : Catherine Toth, Yette Lucas, Jacques Muller, Nicole Jonesco et André Reybaz lui-même sont excellents.

Thierry MAULNIER.

*
* *

Si je puis me permettre de critiquer à mon tour, je regrette une allusion à mes gains (je vous parie, Monsieur Thierry Maulnier, que vous refuseriez de changer votre compte en banque contre le mien).

*
* *

Valère Renaud, dans Opéra (*19 avril 1950*).

C'est le 6 juin 1944, à Arromanches, que Boris Vian situe l'action de *L'Equarrissage pour tous*. Mais le grand drame de la journée pour l'équarrisseur d'Arromanches, ce n'est pas le débarquement des libérateurs, c'est la préoccupation primordiale de savoir si le Gefreite Heinz Schnittermach, de la Wehrmacht, qui depuis quatre ans serre sa fille de près, va l'épouser ou non. Et alors commencent le bombardement intense de propos non-conformistes, les rafales de l'indifférence humaine en matière de conflits internationaux, la mousqueterie des gags dirigés à la fois contre les « Frisés », les Yankees, les militaires, la guerre et même la reconstruction. L'intense déversement de bonbonnes chargées d'acide anarchique, soutenu par cet auteur habile et dynamique crée et maintient une situation qui reste constamment gaie, entretenant d'un bout à l'autre du spectacle des ondes d'hilarité.

Il y a un contrat tacite avec le spectateur : s'il veut profiter de sa soirée, il faut qu'il laisse ses préjugés au vestiaire, qu'il n'oublie pas que le nom de l'auteur est Boris Vian et que l'affiche le prévient qu'il s'agit d'un vaudeville anarchiste. Deux personnages pourraient, sans inconvénient, être éliminés : le parachutiste japonais et la parachutiste soviétique, cette dernière habillée d'une façon charmante et fantaisiste par *une petite couturière qui demeure du côté de la place Rouge, à Moscou*.

André Reybaz, personnage central, le père équarrisseur, est remarquable : il joue avec naturel un naïf cynique. Catherine Toth, Nicole Jonesco, Yette Lucas, Jacques Muller et toute la troupe méritent des éloges.

La mise en scène est d'André Reybaz et le décor d'Yves Faucheur.

Valère RENAUD.

*

* *

Renée Saurel, assurant l'intérim de Jacques Lemarchand, écrivit dans Combat *(18 avril 1950) ce qui suit :*

Je n'avais pas aimé *J'irai cracher sur vos tombes* où l'on ne retrouvait rien de l'auteur de ce beau livre qu'est *L'Ecume des jours*, et cela m'avait bien attristée. Avec *L'Equarrissage pour tous*, vaudeville anarchiste que présente la Compagnie du Myrmidon, resurgit le meilleur Boris Vian : sensible et cynique, inquiet et désinvolte. Depuis longtemps déjà nous savons que le risque n'effraie jamais cette troupe courageuse, qu'elle va de l'avant avec un entêtement joyeux qui est un signe de jeunesse et de santé morale. En montant le vaudeville de Boris Vian, le Myrmidon, cependant, assumait un risque très grand, car la pièce offense ce qu'on est convenu d'appeler le bon goût (ce qui, à mon avis, est au théâtre plus courageux encore que d'offenser les généraux et les gens d'Eglise) et le fait précisément au moment où ceux par qui l'on pouvait espérer voir assurer la relève se dérobent, pour se consacrer aux auteurs rentables.

Boris Vian a écrit, dit-il, une pièce contre la guerre. Ce n'est pas si puéril qu'on pourrait le croire. L'auteur n'est pas assez naïf, bien sûr, pour penser que l'art dramatique aura raison de la bombe « H ». Ce serait trop beau ! Mais il croit avec raison que si l'on parvient à faire rire aux dépens de la guerre, il y a tout de même quelque chose de gagné. Il y est parvenu en évitant l'erreur majeure qui eût été d'écrire une pièce en trois actes. Et le metteur en scène, André Reybaz, a compris de son côté que ce vaudeville exigeait un rythme très rapide, une allure endiablée qui ne laissât point au spectateur le temps de méditer sur ce qu'Apollinaire nommait « l'usage raisonnable des invraisemblances ».

L'action se situe à Arromanches, le 6 juin 1944, jour d'un certain débarquement. Dans sa maison empuantie par l'odeur des chevaux abattus, l'équarrisseur, indifférent aux prouesses guerrières, se demande s'il va marier sa fille à l'occupant Heinz Schnittermach.

Ce dernier voit d'un mauvais œil l'arrivée des Américains et l'intérêt que semblent leur porter les demoiselles d'Arromanches. On est dans le pays depuis quatre ans, dit-il, voilà que des étrangers arrivent et il n'y en a plus que pour eux ! Il en arrive en effet et de tous côtés : de ce qui semblait être un placard surgit une superbe Walkyrie soviétique, la cuisse dure, une étoile sur chaque sein ; puis un Japonais plus rachitique, et voici les Américains avec leurs conserves et leurs inhibitions, et un pasteur préfabriqué... Tout ce petit monde parvient à s'entendre dans la maison de l'équarrisseur. On s'accoutume même à l'odeur et, s'il y a des récalcitrants, on les jette à la fosse. Tout serait pour le mieux si les services de la Reconstruction, soucieux d'esthétique, ne dépêchaient à l'équarrisseur libéré deux officiers mondains chargés de dynamite.

Tout cela, bien entendu, est très gros. Et l'un des mérites de la mise en scène est d'avoir mis l'accent sur ce mauvais goût volontaire qui convient parfaitement au sujet. L'interprétation est excellente ; mais elle est fort nombreuse et la place ici mesurée. En citant Catherine Toth et André Reybaz, Nicole Jonesco et Zanie Campan, l'exquis Roger Paschel et Yette Lucas, l'on est injuste pour les autres...

Le décor de M. Yves Faucheur, dans lequel le plus pur écarlate hurle auprès du cyclamen des meubles, a l'exacte et intelligente laideur qui s'imposait. C'est là, naturellement, un spectacle que je déconseille à ceux dont la délicatesse ne supporte ni Apollinaire, ni Jarry.

Par intérim : Renée SAUREL.

*
* *

Et voici qu'émerge des Lettres Françaises *la gracieuse silhouette de cette chère Mme Triolet* (*20 avril 1950*).

M. Boris Vian, à qui je voue une solide antipathie pour l'ignominie de ses crachats, a écrit une pièce historique que l'on joue au Théâtre des Noctambules.

Il prend une période « sublime » et il s'assied dessus. Mais il s'assied dessus avec juste le poids des chansonniers, du guignol, d'un innocent du village. Entendons-nous, un idiot du village qui serait vu par le soupirail d'une cave de Saint-Germain-des-Prés, sans innocence aucune, et avec assez d'expérience pour en tempérer l'expression.

C'est, dit l'auteur, un « vaudeville anarchiste », et « une pièce contre la guerre » (avec un point d'exclamation !). La thèse « anarchiste » est, comme vous le pensez bien, celle-ci : tout ça, c'est de la foutaise, vous vous valez tous, et pas la corde pour vous pendre, et vous finirez, les uns comme les autres, dans la fosse puante de l'équarrisseur. Parce que Boris Vian se devait de trouver un moyen d'introduire dans sa pièce une bonne petite puanteur ! Pourtant, « les rébellions » dont parle Boris Vian dans son commentaire (et qui participent, je n'en doute point, de tout ce que je hais au monde) ne percent guère dans le vaudeville. L'absence de convictions chez l'auteur a gentiment détruit le côté révoltant que pourrait avoir cette vue de l'histoire, pour n'en garder que le côté guignolesque, avec la bonhomie et la drôlerie qu'offre une sottise extrême. L'auteur et le public sont d'accord pour rire sans amertume ni indignation aux dépens de ces sortes d'absurdes Adémai.

Cela se passe le 6 juin 1944, au moment du débarquement à Arromanches. Le personnage central est un habitant d'Arromanches, équarrisseur de son métier et qui continue paisiblement, sous les bombardements, à vaquer à ses occupations professionnelles et familiales. Il a beaucoup d'enfants, qui sont indifféremment parachutistes chez les Américains ou les Russes, les filles couchant indifféremment avec les Allemands ou les Américains. Tout cela sous le signe de la puanteur venant de la fosse où pourrissent les animaux et les hommes qu'y envoie l'équarrisseur, sans plus de méchanceté que Guignol lorsque, d'un coup (d'un seul !) sur la tête, il se débarrasse d'un interlocuteur.

Toute la première partie est drôle, rapide, les effets les plus attendus font mouche, comme, par exemple, cette partie de cartes entre soldats allemands et américains dans la maison de l'équarrisseur, avec leur façon identique de peloter les filles, de se saouler et, finalement, de chanter : les Américains des chansons allemandes, les Allemands des chansons américaines... C'est plein de gags et de mots drôles, d'une drôlerie assez particulière et neuve. Mais il était difficile de soutenir le rythme et la verve de l'absurde jusqu'au bout, et déjà à mi-chemin cela commence à foirer. Cette peinture du monde « en mal », comme dirait Paul Eluard, tourne court et cesse de faire rire. Il aurait fallu couper là-dedans bien vingt ou vingt-cinq minutes sur soixante. Il aurait fallu faire laver à Boris Vian quelques crachats conventionnels et montrer cette pièce à un autre public, sachant tirer de cette « fable » une moralité qui n'aurait pas étonné l'auteur, étant donné qu'il n'est pas né d'hier.

Les deux pièces sont fort bien présentées par la compagnie André Reybaz.

Elsa TRIOLET.

Madame Triolet, il était regrettable que vous invoquassiez à propos de cette saynète réaliste des crachats romanesques qui appartenaient à un héros doublement fictif : mais on est excusable de céder à la propagande insidieuse des journaux qui nous envahissent.

Je ne veux éclairer qu'un point : j'ai bien écrit dans le programme : L'Equarrissage pour tous *est une pièce contre la guerre », mais le point d'exclamation malencontreux au possible était l'œuvre du typo qui me trahit en l'occurrence.*

*
* *

Et terminons sur une note joyeuse avec Guy Verdot, de Franc-Tireur (*17 avril 1950*).

« L'ÉQUARRISSAGE POUR TOUS »
ACTEURS : 16 — AUTEUR (EN LONG) : 1

Un vaudeville sur le débarquement. Voilà ce qu'il a voulu faire, M. Boris Vian. Pourquoi pas ? Et pourquoi pas une opérette sur les camps de concentration ?

L'écueil de l'aventure, c'était que les débarquements — comme, d'une façon générale, toutes les entreprises d'équarrissage à matériel humain — ne fussent pas de bons sujets de vaudeville. Pour parler contre la guerre, il faut un autre ton, même et surtout dans le comique. A tout le moins faut-il (au théâtre) un peu de transposition. Et de l'esprit. Mais qu'allons-nous parler sel attique à propos de cheval en daube !

L'équarrisseur en question, tandis que tombent les bombes sur Arromanches-les-Bains, n'a qu'une idée : marier ses filles. C'est une façon de nier la guerre. Elle est philosophique, c'est-à-dire puérile. Et si M. Vian veut voir de l'anarchie là-dedans, cela ne peut amuser que les anarchistes — les vrais, ceux qui se réclament de Jean Grave ou de Sébastien Faure, et non de Vernon Sullivan.

Tout cela ne serait cependant que grief léger si la pièce de M. Boris Vian était bonne. Elle m'a paru ennuyeuse à partir de son deuxième tiers, mal construite dès le premier et fort négligemment écrite de bout en bout. Quant à son contenu explosif, il se résume finalement à une caisse (factice) de dynamite, qui ne démolit rien, tout étant déjà par terre, y compris la pièce.

On attendait un boum. C'est du vent. Mettons plutôt : un vent. Si l'auteur compte là-dessus pour déclencher la tornade du scandale, c'est qu'il n'a jamais consulté un anémomètre, à Arromanches ou ailleurs.

La mise en scène d'André Reybaz comporte quelques jolies trouvailles, mais son rythme général se ressent de l'anarchie — pardon : du cafouillage apporté par l'auteur.

A part le talent de Reybaz acteur, celui de Guy Saint-Jean et les jambes de Zanie Campan, je ne vois pas ce que nous apportent ces « audaces » un peu trop concertées.

Guy VERDOT.

*

* *

On admirera l'incisif et le profond de cette critique. J'aime à me dire que M. Verdot me consacra une parcelle de ce temps si précieux qui nous valut déjà tant de pénétrants chefs-d'œuvre. Et puis il y a cette idée d'opérette sur les camps de concentration ; mais pour cela j'ai senti le talent me manquer et j'ai prié M. Verdot de m'écrire les couplets.

Enfin, M. Verdot déplorait la facticité de notre caisse de dynamite finale ; nous lui proposâmes de la remplacer par une vraie, à condition qu'il vienne au moins la première fois. C'était fin, n'est-ce pas ?

Il n'est pas venu. Ça sera pour la prochaine fois...

B. V.

TÊTE DE MÉDUSE
(1951)

Comédie en un acte

PERSONNAGES

Claude VILEBREQUIN, *soupirant puis séducteur de Lucie Bonneau.*
Francis LOPEZ, *amant de Lucie.*
Antoine BONNEAU, *mari de Lucie.*
CHARLES, *chauffeur d'Antoine.*
Lucie BONNEAU, *épouse d'Antoine.*

ACTE UNIQUE

Le studio de Claude Vilebrequin. Des portes où il faut, un rideau vert affreux devant l'alcôve, un Picasso tranchant au mur.

SCÈNE I

CLAUDE, FRANCIS.

Claude est seul et s'occupe à quelque occupation assise. Il coud, par exemple. Reprise ses chaussettes, pour être précis. On entend un vacarme affreux et cuivré en même temps que la porte s'ouvre et qu'apparaît une sorte de fantôme, individu au chef enveloppé de pansements.

CLAUDE

Maman !

FRANCIS

Du calme ! C'est moi !

CLAUDE

Tu m'as flanqué une frousse ! C'est formidable. Ça fait près d'une semaine que je te vois comme ça et je ne peux pas m'habituer.

FRANCIS

Ben, moi non plus. Si seulement tu retirais ce maudit porte-parapluies.

CLAUDE

J'y pense pas.

FRANCIS

Si tu le retirais tout de suite, pendant que tu y penses ?

CLAUDE

Ça, c'est une idée.

Il va le retirer et le ramène.

Là. Comme ça, tu cesseras de me faire sauter le cœur.

Il pose le porte-parapluies dans un coin, assez mal d'ailleurs car Francis s'y empêtrera tout à l'heure.

Alors ? Ça va ? Qu'a dit le toubib ?

FRANCIS, *furieux*

Je ne l'ai pas vu, ce crétin.

CLAUDE

Comment ça ?

FRANCIS

Sa secrétaire m'a affirmé que je n'avais rendez-vous qu'à cinq heures et demie !

CLAUDE, *se frotte discrètement les mains*

Mais c'est l'heure où Lucie vient !

FRANCIS

Parfaitement, c'est l'heure où Lucie vient... c'est bien pour ça que j'ai protesté ! Jamais je n'ai pris rendez-vous à cette heure-là !

Soupçonneux.

Ce n'est pas toi, au moins ?

CLAUDE, *innocent*

Moi ?

FRANCIS

Ce n'est pas toi qui as fait déplacer l'heure du rendez-vous pour te trouver seul avec elle ?

CLAUDE, *lui tire la langue*

Tu es fou ! Tu me soupçonnes de ça ?

FRANCIS

Ne fais pas de grimaces, d'abord.

CLAUDE

Mais je... comment...

FRANCIS

Ta mâchoire a craqué.

Il cherche un siège.

Ah, ce que c'est assommant de dépendre des autres !

CLAUDE

Vraiment, je m'étonne que tu m'accuses d'un tel machiavélisme.

Il jubile.

FRANCIS

Eh bien... j'avoue que je t'ai cru coupable.

CLAUDE, *solennel*

Ecoute, Francis... voilà six mois que tu vis ici...

FRANCIS

Six mois et six jours...

CLAUDE

Si tu veux... Voilà six mois et six jours que tu vis ici, chez moi. N'ai-je pas été de la plus grande discrétion ?

FRANCIS

Si.

CLAUDE

N'ai-je pas toujours respecté ton intimité avec Lucie ?

FRANCIS

Ça... à part les douze fois où tu es entré par erreur dans la salle de bains et les cent quatre-vingt-neuf boulettes de mie de pain que j'ai dû mettre dans le trou de la serrure... Oui, enfin dans l'ensemble, tu as été convenable.

CLAUDE

Ai-je tenté de faire la cour à Lucie ?

FRANCIS

Oui. Mais ça n'a pas pris.

CLAUDE

Ai-je insisté ?

FRANCIS

Oui.

CLAUDE, *outré*

Oh ! Tu as du culot.

FRANCIS

Je souffre.

CLAUDE

Mais il ne faut pas être jaloux comme ça, mon vieux, écoute !

FRANCIS

C'est horrible de vivre dans le noir comme ça !

CLAUDE

Enfin, y a six jours que tu vis dans le noir, ça va être fini dans un ou deux jours, et c'est pas terrible.

FRANCIS

Tu me jures que tu n'en as pas profité pour...

CLAUDE

Pour faire la cour à Lucie ?

FRANCIS

Oui.

CLAUDE

D'abord, on ne jure pas pour des trucs comme ça.

FRANCIS

Claude, tu as couché avec elle !

CLAUDE

Ah ça, alors je te jure que non ! Pas encore !

FRANCIS

Oh ! Tu es un monstre !

CLAUDE

Je me demande ce que ça peut te faire. Tu trompes bien son mari !

FRANCIS

Ah, ce n'est pas pareil. D'abord c'est un ami de seize ans...

CLAUDE

Comment ?

FRANCIS

Oh, c'est trop long à t'expliquer.

CLAUDE

Eh bien, je te considère comme un ami... Par conséquent...

FRANCIS

Tu es ignoble. Lucie est honnête.

CLAUDE

Pas avec son mari.

FRANCIS

Tu discutes comme un enfant.

Il se lève, marche, et bute dans le porte-parapluies.

Sacredieu ! Quel est l'imbécile...

CLAUDE

Tu m'as dit de le changer de place, je l'ai changé de place !

Il le rechange.

FRANCIS

Je ne t'ai pas dit de me le mettre dans les jambes ! Oh, mon Dieu, vivement que l'on me retire ces linges et que je cesse d'être un objet d'horreur !

CLAUDE

Tu n'es pas un objet d'horreur, on ne voit pas ta figure !

FRANCIS, *vexé*

Merci quand même.

CLAUDE

Oh, ce n'est pas ça que je voulais dire.

FRANCIS

Tu l'as dit quand même.

CLAUDE

Ah, tu es trop susceptible, écoute...

Francis cherche le buffet et va se faire une tartine.

Qu'est-ce que tu veux ?

FRANCIS

Je vais me faire une tartine. Je crève de faim.

CLAUDE

Veux-tu que je t'aide ?

FRANCIS, *hargneux*

Je sais me débrouiller seul.

Il se taille une tartine, maladroitement, et la garnit de roquefort.

Je suis encore capable, heureusement, de préparer mes aliments tout seul.

CLAUDE

Tu as peur qu'on ne t'empoisonne ?

FRANCIS

Crétin !

Claude rit.

Alors ! Tu viens me la tenir ?

CLAUDE

J'arrive.

Il regarde sa montre.

FRANCIS

Oh ! quelle heure est-il, au fait ?

CLAUDE

Cinq heures moins cinq.

FRANCIS

Oh, il faut que je parte, zut.

CLAUDE

J'allais te le dire.

FRANCIS

Lucie va venir à cinq heures et demie, comme d'habitude.

CLAUDE

Je la distrairai en t'attendant.

FRANCIS

Je serai là à six heures.

CLAUDE

Bon, bon !

FRANCIS

Au plus tard !

CLAUDE

Bien !

FRANCIS

Et pas de blagues, hein ! D'ailleurs, je téléphonerai !

CLAUDE

Ah, là là !

FRANCIS

Je suis jaloux, qu'est-ce que tu veux...

CLAUDE

Je suis pourtant discret !

FRANCIS

Ça, je reconnais !

CLAUDE

Depuis six mois que tu es ici, tu n'as pas eu un seul ennui... si j'avais voulu t'embêter, j'aurais prévenu son mari ! Et tu es là à m'accuser de turpitudes ! J'ai presque envie de lui téléphoner, au mari !

FRANCIS

Tu ne ferais pas ça ! Pas âme qui vive ne doit savoir que je suis là !

CLAUDE

Bon, bon ! Mais cesse de m'accuser...

FRANCIS

Je te remercie de tout ça...

CLAUDE

Tu as une façon ! Toujours me suspecter !

FRANCIS

Bien. Je reviendrai à six heures. Tu vois que j'ai confiance.

CLAUDE

Ça va ! File.

FRANCIS

Je file.

Il se flanque dans le porte-parapluies.

Nom de Dieu !

CLAUDE

Excuse-moi...

Il va le déplacer et conduit Francis à la porte.

A tout à l'heure...

Francis revient.

FRANCIS

Et ne touche pas à ma tartine, hein ! Bon Dieu, je crève de faim ! Ah ! Quelle barbe ! Quelle barbe !

Il sort en bougonnant.

CLAUDE

Ouf. Demain, on lui retire ses pansements !

Il regarde sa montre.

Et tout à l'heure, Lucie sera là... Nous serons sans témoins pour la dernière fois... Lucie, demain, c'est fini notre intimité... nos longs regards... nos contacts silencieux... nos doigts enlacés... cinq jours de contacts... Le delco commence à chauffer... Et Roger a beau dire, il n'y a vu que du feu quand je lui ai donné rendez-vous pour aujourd'hui ; elle va venir ! Ce que je ne comprends pas, c'est pourquoi Roger la couve comme ça ; après tout, ce n'est pas son amie, c'était celle de Francis ; il a peut-être peur de moi...

Flatté.

Hé hé ! Qui sait !

Il va à la glace.

Après tout !...

Il se regarde et se menace du doigt.

Mais dites-moi, Claude Vilebrequin, vous avez mauvaise mine... allez... petit casse-croûte fortifiant !

Il va ouvrir un placard.

Quand je suis ému, je mange comme six... roquefort... gros rouge... pain.

Il se fait une tartine, il mange.

Mmm...

Il retourne à la glace.

Je ne connais rien de meilleur... Rien... que les yeux de Lucie... les doigts de Lucie... les lèvres de Lucie.

Il s'arrête.

Stop ! Vilebrequin, tu ne l'as pas embrassée, ne t'énerve pas comme ça.

Plaidant.

Mais elle va venir !

Se répond.

Je le sais qu'elle va venir ; mais *primo* tu as encore une demi-heure à attendre, *secundo*, ce n'est pas une raison, tu n'as aucune chance, et un après-midi pour la conquérir, c'est absolument insuffisant.

Plaidant.

On ne sait jamais.

Répond.

Mais si, on sait, crétin !

Il mange.

Mmm... que c'est bon !

Plaidant.

Tu devrais tout de même essayer !

Répond.

Tu ne vas tout de même pas faire ça à Francis ?

Plaidant.

Mais il est parti, Francis !

Répond.

Tu n'aurais pas honte de prendre ainsi la place du héros absent ?

Répond.

Je n'aurais pas honte du tout.

Il boit.

Ah ! ça, c'est répondu !

Il se lève.

Ce que je suis nerveux !

Il reboit.

Soyons calme ! J'ai une heure pour la séduire ; je n'ai aucun espoir mais... ce n'est pas le moment de perdre la tête... mais que faire en attendant...

Il va à l'étagère.

Un livre...

Il en prend un au hasard.

C'est à Francis ; tant pis...

Il se met à lire puis sursaute.

Quoi ! Du roquefort et du gros rouge !

Il regarde le livre.

Casanova. Mais il est député ce type-là, qu'est-ce qu'il a à faire avec l'amour ?

Il regarde.

Mémoires de Jacques Casanova de Seingalt.

Relit.

Pas de doute !

Il se lève, va au dictionnaire.

Casa... Casanova Jacques de Seingalt.

Il bredouille.

Le plus célèbre des amoureux !

Il se rengorge.

Un maître ! Un classique ! Et je me rencontre avec lui sur ce terrain ! Sans travaux préalables, sans recherches fastidieuses, sans laborieuses préparations, j'ai abouti aux mêmes conclusions que Casanova de... de Machin... le maître de l'amour ! A vingt-cinq ans, par mes propres moyens, j'ai redécouvert la vérité, comme Pascal dans sa brouette... non... comme Pascal et l'œuf de Christophe Colomb... non... comme Christophe Colomb dans sa brouette... oh ! zut ! je ne me rappelle plus !

Il se rengorge.

Et le roquefort, évidemment, ça laisse à désirer comme esthétique, ça sue un peu et ça sent les pieds, mais il y a le papier d'argent !

Il prend le livre.

Casanova !

Retourne à la glace.

Ah, Vilebrequin ! Casanova ! C'est un signe ! Aujourd'hui, elle te tombe dans les bras.

Se répond.

Mais Francis ? Tant pis pour Francis ! Et Roger ? Ah, zut, après tout, il n'a pas d'option, quand même. Pourtant il l'aime, ça j'en suis sûr... et c'est lui qu'elle vient voir...

Il est embêté.

C'est ignoble, au fond, ce que je fais avec ce pauvre Roger... J'essaie de lui prendre Lucie.

Il se décide.

Tant pis, ce n'est pas sa femme... et il n'a qu'à ouvrir l'œil. On n'a pas des accidents comme ça... Après tout, lui aussi, c'est dégoûtant ce qu'il veut faire ! Il veut tromper ce pauvre Bonneau... je ne le connais pas, Bonneau, mais c'est bien son tour, à Roger... Je vais venger Bonneau ; si elle m'aide, naturellement...

Il boit.

Du culot ! A nous Casanova !

Il reprend le livre.

Je sens que je vais m'instruire avec ce truc-là...

On sonne, il regarde sa montre.

Lucie ? Non ! Ce n'est pas l'heure ! La barbe ! Quel est l'emmerdeur...

Il se lève bouche pleine et verre en main, et va ouvrir. Entre un chauffeur portant une valise.

SCÈNE II

CLAUDE, CHARLES, *le chauffeur.*

CHARLES

Monsieur Vilebrequin. C'est ici ?

CLAUDE

Ça dépend de ce que vous lui voulez ?

CHARLES

J'apportais ça.

CLAUDE

Ah ! si c'est pour apporter... ça va, entrez, c'est moi.

CHARLES

Permettez.

Il passe devant Claude et pose la valise.

Eh ben, elle est drôlement pleine, la salope... Oh, pardon, monsieur...

CLAUDE

Il fallait moins la bourrer...

Mine étonnée du chauffeur.

Il ne fallait pas tant la bourrer... votre valise, oui. Et maintenant, si vous m'expliquiez ce que ça veut dire ?

CHARLES

Ah, ça, monsieur, moi j'en sais rien, ce que je sais, c'est que ça fait six mois et six jours que je conduis madame à cinq heures au 31 bis de la rue Campagne-Première et qu'aujourd'hui, c'est monsieur qui vient à cinq heures... Alors moi, vous savez, je ne cherche pas à comprendre... d'ailleurs je n'ai pas étudié et je m'en fous...

Pris d'un dernier doute.

Vous êtes bien monsieur Vilebrequin ?

CLAUDE

Mais oui... mais oui, mais qui ça, monsieur ?

CHARLES

Monsieur Bonneau, monsieur. Mon patron. Le mari de ma patronne, monsieur. Monsieur, quoi.

CLAUDE

Le mari de Lucie ?

CHARLES

Le mari de Lucie, oui, monsieur... oh, pardon, monsieur... le mari de madame, quoi...

CLAUDE

Il vient chez moi ? Mais il ne compte pas remplacer sa femme, quand même ?... en tout cas, il ne perd pas de temps, celui-là, alors...

CHARLES

Ah monsieur, moi, je ne sais pas, je suis de la Mayenne, hein... en tout cas, il me suit... le voilà, monsieur...

SCÈNE III

CLAUDE, CHARLES, *(qui va se retirer)*, ANTOINE.

Antoine entre, volubile, l'air à son aise.

ANTOINE

Ma valise est là, Charles ?

Geste du chauffeur.

Très bien ! bon !

Il regarde l'heure.

Cinq heures moins le quart ! filez chercher madame, voyons, vous allez faire attendre monsieur Vilebrequin... dépêchez-vous.

Il le pousse.

Et n'oubliez pas... le premier à la Muette, le second au Rond-Point, le troisième à Saint-Lazare.

Il ferme la porte.

Monsieur Vilebrequin ? Antoine Bonneau... non, nous ne nous connaissons pas... mais votre carte de visite est sur la porte et nous avons des relations communes... ma femme notamment... Peut-on s'asseoir chez vous ? Vos six étages sont esquintants... Comment se fait-il qu'ils n'aient pas l'ascenseur dans un immeuble aussi moderne que ça ? tout est façade, maintenant, c'est vrai...

Il regarde le verre que tient toujours Claude.

Mais posez donc ça...

Il lui prend le verre, le renifle et le pose sur un meuble.

Du gros rouge ! C'est répugnant ! de mon temps, on offrait du porto.

Il le regarde mieux et sursaute.

Mais quoi ? Ne bougez pas !...

Il le regarde.

André ! André Dupont ! c'est toi...

Air ahuri de Claude, Bonneau se passe la main sur le front.

Je comprends tout !

Il se ressaisit.

Mais non, évidemment... ce n'est pas toi... enfin, ce n'est pas vous... il aurait mon âge... excusez-moi. Je vous ai pris, un instant, pour un vieil ami... André Dupont... vous connaissez ?

CLAUDE

Je connais un Dupont, oui... il habite juste à côté de chez moi... un type assez sympathique... trente ans à peu près... très brun...

ANTOINE

Vous voyez ! Quelle coïncidence ! mais ce n'est pas le même ; le mien aurait au moins quarante-cinq ans... le vôtre, ce n'est pas ça... il est dans l'appartement de gauche, hein, et à droite c'est madame Valbon.

CLAUDE

Oui... Comment savez-vous ça ?...

ANTOINE

Non... mais lui, il aurait quarante-cinq ans... Quand même, c'est troublant... idiot, mais troublant... Ah... et puis vous êtes trop grand ! asseyez-vous, je vous dis... vous me donnez le vertige... et vous me vexez...

Il le pousse habilement dans un fauteuil.

Ne vous défendez pas.

Claude va protester.

Je suis ceinture noire de judo... 3e dan.

Claude a un haut-le-corps et s'abstient de protester, l'autre inspecte la pièce.

Dieu que c'est laid chez vous ! Et vous arrivez à avoir des femmes avec un goût pareil ? Et des femmes assez bien, en somme, parce que Lucie... évidemment, elle n'a plus vingt ans, mais c'est encore une jolie femme et du goût, elle en a certes plus qu'à vingt ans... je l'ai formée... mais bah... j'aurai le temps d'arranger tout ça... par exemple, quelque chose que je vais faire tout de suite, c'est retirer ce machin-là...

Il va vers le tableau.

Quelle horreur ! vous avez acheté ça aux puces, ce n'est pas possible !

Il le décroche, le regarde, le laisse tomber et le piétine négligemment, puis regarde le mur nu.

Là ! c'est déjà bien mieux !... Je n'aurais pas pu dormir avec ce truc-là sous le nez.

CLAUDE, *se dresse*

Mais enfin !

ANTOINE, *très calme*

Mais enfin quoi ?...

CLAUDE

Mais enfin, monsieur, vous détruisez mon mobilier !

ANTOINE

Mais non. Ce tableau était ignoble. Je vous ai rendu service. Maintenant, le mur prend toute sa valeur.

Il va au divan et l'éprouve de la main.

Vous avez un matelas Simmons ?

CLAUDE

Un quoi ?

ANTOINE

Je vous demande si vous avez un matelas Simmons ? Oui, non ?

CLAUDE, *calme*

Si c'est pour le piétiner comme le tableau... vous allez rebondir, je vous préviens...

ANTOINE, *hausse les épaules*

C'est un peu plat, enfin avec un traversin, ça ira. Vous, vous dormez sans traversin, naturellement... le ventre plein de gros rouge... la bouche ouverte, les doigts de pieds écartés... vous devez ronfler, et le matin ça sent le singe dans votre chambre...

Il va ouvrir la fenêtre.

D'ailleurs, indiscutablement, ça sent déjà les pieds...

CLAUDE, *digne*

Monsieur, c'est le roquefort.

ANTOINE

Eh bien, vous pourriez au moins le mettre sous clé, l'enfermer. Le museler, je ne sais pas, moi... lui poser une pince à linge... ou acheter du Bonodor... mais faites quelque chose !...

Claude, dominé, se lève et range le roquefort, Antoine éprouve un des fauteuils et, satisfait, s'y laisse tomber.

Ah ! par contre, ceci est parfait ! mes compliments !... excellent ! il est très mal recouvert et très mal placé...

Se relève.

Mais il est confortable. Voyons... ici, entre le bureau

et le guéridon, il serait tout de même bien plus logique... et là, la chaise pour l'équilibrer...

Il s'affaire et arrange tout bien mieux qu'au lever du rideau.

Mordieu, décidément, ce rideau vert fout tout par terre !

Il le décroche d'un coup sec.

CLAUDE, *furieux*

Ah ! non ! quand même ! mon rideau vert !

ANTOINE

Il ne foutait pas tout par terre ?

CLAUDE, *furieux*

Si, monsieur !

ANTOINE, *très calme*

Eh ben c'est bien son tour.

Geste altier.

Faites disparaître cette épave.

Il va se rasseoir dans le fauteuil tandis que Claude reste idiot le rideau à la main — puis, haussant les épaules, va le fourrer dans un placard et revient, l'air décidé à se bagarrer.

Et maintenant que ce studio est un peu plus vivable, asseyez-vous et bavardons un peu...

CLAUDE

Ça, alors ! Vous allez vous lever ! et je vais commencer par vous corriger !...

ANTOINE, *lève un doigt*

Tut ! Tut ! Ceinture noire, 3e dan ! ne m'obligez pas à des sévices que je serais le premier à regretter le jour où je viendrais vous porter des oranges à l'hôpital. Asseyez-vous !... là...

Claude s'assied, grommelant.

Alors ? A votre avis ?

CLAUDE

Quoi, à mon avis ?

ANTOINE

Qu'est-ce que vous en pensez ?

CLAUDE

Mais de quoi, bon Dieu de bois !

ANTOINE

Ce n'est pas une bonne idée, de venir coucher chez vous ?

CLAUDE

Vous venez coucher chez moi ?

ANTOINE

Enfin, pourquoi croyez-vous que je fais porter ici ma valise par mon chauffeur, pourquoi croyez-vous que je me donne le mal d'arranger votre mobilier — autant que faire se peut évidemment, car il y aurait vraiment tout à revoir ? Pourquoi...

CLAUDE, *l'interrompt*

Mais monsieur, je ne vous connais pas... vous tomber ici... comme un rat dans la soupe... si, si, un rat... et, entre nous, à un moment très mal choisi ; vous cassez tout, vous m'engueulez, vous me dites que vous vous installez ici, et vous me demandez de comprendre ? Ah, non ?

ANTOINE

En somme, ma présence ici vous déplaît ?

CLAUDE

Souverainement.

ANTOINE

Ainsi, vous recevez ma femme ? Oh ! ne protestez pas ! elle couche avec vous depuis le 6 décembre.

Sursaut de Claude.

CLAUDE

Mais... vous êtes fou ?

ANTOINE, *rire de commisération — il tire un carnet de sa poche*

Allons... allons... Je n'affirme rien que je ne puisse prouver. Votre prédécesseur c'était Francis Lopez, le peintre mexicain. Elle l'a quitté le 6 décembre à la date prévue, voilà six mois, pour venir régulièrement vous voir ici.

CLAUDE

Mais...

ANTOINE

Ne m'interrompez pas, je vous prie. C'est assez compliqué comme ça. Elle a couché avec Lopez depuis le six juin jusqu'au six décembre de l'année dernière. Auparavant, c'était avec un nommé Jean de Marillac... un parfait imbécile, d'ailleurs... vous êtes bien mieux... lui, je lui ai cassé deux côtes la première fois que je l'ai vu.

Geste de Claude.

Ne craignez rien... ça serait déjà fait. Avant Jean de Marillac... mais ça ne présente aucun intérêt pour vous. Voyez-vous, Monsieur Vilebrequin, il n'y a que vous de possible... Francis Lopez, ça a été terminé en décembre, et il est parti d'ailleurs ; or à cette époque, parmi les locataires possibles, il y a vous, un point c'est tout. Donc, elle couche avec vous. Vous la recevez tous les jours, de cinq à sept. Oui, je sais, ça fait banal ; mais pour ça, je vous excuse, au fond, on ne peut pas innover dans tous les domaines ! après tout, il n'y a que vingt-quatre heures dans une journée, dont douze portent le même nom que les douze autres, ce qui laisse, je vous l'accorde, un choix singulièrement limité. Vous recevez ma femme, disais-je. Et vous la recevez bien ; je n'ai pas entendu qu'elle se soit plainte le moins du monde de vos procédés à son égard — mais moi, ma présence vous déplaît ?

CLAUDE

De façon considérable.

ANTOINE, *encourageant*

J'ai une sale gueule. dites-le ?

CLAUDE

Moi, je n'aurais pas eu l'idée de vous épouser.

ANTOINE

Vous insinuez donc que je ne fais pas honneur à son goût ? Je pourrais vous répondre que vous êtes aussi un de ceux qu'elle a choisis, mais en tout cas, ce n'est guère aimable pour elle, jeune homme, et vous avez de la chance que je sois décidé à vous trouver sympathique.

CLAUDE

Monsieur, je le regrette le premier.

Il fait le geste de se lever.

ANTOINE

Vous avez tort ! Un poignet, c'est si vite cassé !

Claude se rassied.

Et qu'est-ce que vous faites ensemble ? quand elle vient vous retrouver ?

CLAUDE

Mais enfin, monsieur, vous êtes révoltant !

ANTOINE

Mais vous voyez bien ! ceci confirme mes certitudes. Oh ! ce que je souffre ! c'est merveilleux ! Vous ne feriez pas encore des choses comme ça si vous ne la connaissiez que depuis une semaine. Quant à être révoltant, après tout, c'est vous qui couchez avec elle, ou c'est moi ?

CLAUDE

Enfin, c'est vous qui avez commencé, quand même.

ANTOINE

C'est juste ! mais moi, je ne veux plus coucher avec elle.

CLAUDE

Et pourquoi, s'il vous plaît ?

ANTOINE

Pour diverses raisons, dont l'une est que moi, ça me dégoûte profondément de coucher avec la femme d'un cocu.

CLAUDE

Mais c'est votre femme !

ANTOINE

Alors ? Je suis cocu, oui ou non ?

CLAUDE, *se tient la tête à deux mains*

Assez !

ANTOINE

Je suis cocu, oui ou non !

CLAUDE

Oui ! Oui ! Oui !

Il cherche.

Et après ? euh, ce n'est pas si mal, d'être cocu.

ANTOINE

Soyez-le si vous voulez, moi ça ne m'intéresse plus, depuis le temps. C'est la douleur qui m'intéresse.

CLAUDE

Mais tout le monde est cocu ! Chez les maris, c'est une tradition un peu plus solide évidemment, mais les amants le sont aussi... Un amant, c'est toujours le mari de quelqu'un d'autre.

ANTOINE

Vous êtes marié ?

CLAUDE

Si j'étais marié, je ne tromperais pas ma femme.

ANTOINE

Naturellement... c'est elle qui vous tromperait. Comme moi. Et puis, vous n'êtes pas marié, c'est facile à dire.

CLAUDE

Bon, admettons, mais le jaune ! enfin ! monsieur, le jaune, c'est gai ! c'est la couleur du soleil !

ANTOINE

Soyez-le, je vous dis ! Libre à vous !

CLAUDE, *désespéré*

Mais ne l'est pas qui veut !...

ANTOINE

Ah ça ! vous avez mis le doigt dessus. En revanche, l'est souvent qui ne veut pas.

CLAUDE

Enfin, monsieur, honnêtement, voulez-vous m'expliquer ce que vous êtes venu faire ici ? Si c'est pour me casser la gueule, faites-le — je vous préviens honnêtement que je ne suis ni ceinture noire, ni troisième dan, mais que j'ai quelque peu pratiqué la culture physique. Si c'est pour me tirer dessus, ne vous gênez pas, il y a de la surface et vous serez acquitté. Si c'est pour me tourner en ridicule, vous n'aurez aucun mal, parce que je ne suis pas précisément fort pour les discussions.

ANTOINE

Oh, je ne vous force pas à vous en aller. J'ai simplement l'intention de rester quelques jours chez vous pour souffrir à l'aise. Evidemment, je ne pensais pas que ça serait aussi laid.

CLAUDE

Mais vous êtes complètement fou !

ANTOINE

Je ne vois pas en quoi. Vous me prenez ma femme, je ne dis rien. Je ne dis jamais rien, d'ailleurs ça fait dix-sept ans que nous sommes mariés, seize ans qu'elle me trompe.

Mouvement de Claude.

Oui, seize ans... elle est bien conservée. Ça fait seize ans que je souffre à domicile, et ça s'émousse... C'est que depuis dix-sept ans, j'habite le même appartement, du côté de Péreire... un quartier assommant, avec le chemin de fer, et puis des gens tristes, des rues tristes ! ah là là, je me demande comment j'ai supporté ça dix-sept ans... bon ; eh bien je me dis : L'amant... actuel de Lucie est sûrement un garçon compréhensif... en fait, vous savez, ceinture noire, troisième dan, je ne rencontre que des gens compréhensifs... je me renseigne — je me renseigne discrètement... Oh, j'ai un type très bien... depuis 1924, il me donne toute satisfaction... et puis ce n'était pas difficile, il n'y a que vous et Dupont, et Dupont est tabou. Je sais donc qui vous êtes, où vous habitez... vous avez un peu d'argent... vous le gagnez à peu près honnêtement, en faisant un métier pas trop cérébral... vous êtes mannequin, je crois... chez un grand couturier pour hommes... et vous n'êtes pas pédéraste, ce qui, dans votre métier, est un paradoxe assez amusant, une audace même... si, si, c'est audacieux, et je comprends que ça ait plu à Lucie... elle adore la hardiesse... bon... eh bien, tirant argument de nos fréquentations parallèles, je vous prie de me céder temporairement votre studio... un caprice... voilà, appelons ça un caprice. Tout de même, depuis dix-sept ans, jamais je n'ai rien demandé aux amants de ma femme. Vous trouvez que j'exagère ?

CLAUDE

Vous auriez pu demander au précédent ; moi, je la connais depuis si peu de temps...

ANTOINE

Ne soyez pas mufle comme ça, mon cher, ce n'est pas une course contre la montre.

CLAUDE

Ben, non, mais pourquoi moi ? pourquoi pas Jean de Marillac ? ou un des autres ?

ANTOINE

Parce que jusqu'ici jamais l'inspiration ne m'a manqué à ce point.

CLAUDE

Je n'y comprends rien du tout... continuez. Continuez si ça vous amuse.

ANTOINE

C'est ça, laissez-moi m'expliquer, vous ferez vos commentaires ensuite. Je reprends. Avouez qu'après avoir cassé deux côtes à Jean de Marillac, je pouvais difficilement lui demander un service... Quant à Lopez, Lucie ne l'aimait pas, en réalité. Elle croyait l'aimer. Simple passade, comme d'habitude, et d'ailleurs, comme prévu, Lopez a disparu de la circulation le 6 décembre. Vous, j'ai l'impression que c'est beaucoup plus sérieux. C'est aussi un peu pour ça que je vous ai choisi. Ça me gêne moins.

CLAUDE, *excédé*

Il y a d'autres endroits !

ANTOINE

Je ne m'y sens pas à l'aise. Je n'y souffrirais pas assez.

CLAUDE

Ça, alors, je m'en fous.

ANTOINE

Que vous vous en foutiez ou non, vous avez des devoirs.

CLAUDE

Des devoirs ? Et vis-à-vis de qui, donc ?

ANTOINE

De ma femme. Donc de moi. Nous sommes parents par alliance.

CLAUDE, *rire forcé*

Ah, très drôle... Très très drôle...

ANTOINE, *même jeu*

N'est-ce pas, c'est drôle.

Ils rient forcé tous deux et s'arrêtent net ensemble.

CLAUDE

Et ça fait partie de mes devoirs vis-à-vis d'elle, de m'en aller ?

ANTOINE

Evidemment, puisque je suis son mari et que je vous le demande.

CLAUDE

Et où voulez-vous que j'aille ?

ANTOINE, *naturel*

Mais où vous voudrez, voyons. Restez, même, ça sera encore pire. C'est très gai, chez moi. Trop gai. Je ne peux travailler que dans la douleur. Si vous avez la gentillesse de rester, ça va me rendre extrêmement malheureux.. Et puis, vous êtes sûrement un hôte agréable.

CLAUDE

Ça, c'est le bouquet !

ANTOINE

Oui, je ne sais pas pourquoi, j'ai confiance en vous — sans doute parce que Lucie a toujours eu le goût assez sûr... à part cet affreux Marillac qui l'avait séduite par un charme tout en surface... vous êtes bien mieux.

CLAUDE

J'en suis ravi.

ANTOINE

N'est-ce pas, c'est flatteur. Pour qu'une femme

comme Lucie aime un homme, il faut qu'il ait quelque chose.

CLAUDE

Alors, il est certain qu'elle a dû vous aimer beaucoup, parce que vous avez quelque chose.

Il se tapote négligemment le front.

ANTOINE

Merci, mais le mien n'est plus en cause. Je vous avoue qu'outre mon désir de douleur je suis également venu pour voir le vôtre.

CLAUDE

Mon quoi ?

ANTOINE

Votre quelque chose.

CLAUDE

Et vos conclusions ?

ANTOINE, *très sincère*

Je la comprends.

CLAUDE, *assez flatté quand même*

Merci.

ANTOINE

Oui, Lucie a toujours eu le goût du changement. Ainsi, je suis plutôt spirituel, assez élégant... vif, très adroit de mes mains — j'ai de la repartie, le sens des affaires... un certain talent... je vois très bien ce qu'elle a aimé en vous... un contraste total.

CLAUDE, *vexé*

Je vois aussi, vous êtes trop aimable. Mais entre nous, est-ce que vous n'êtes pas tout simplement venu ici pour me parler de votre femme ?

ANTOINE

Et à qui voulez-vous que j'en parle ?

CLAUDE, *un peu soufflé, commence à entrevoir*

Mais pourquoi à moi ? Vous avez bien des parents, des amis, des relations, non ?

ANTOINE

Les parents, il faut les tenir à l'écart de sa vie conjugale, sinon on risque de briser le ménage. Quant aux amis... vous savez, les miens sont très sérieux... des industriels, des commerçants... il ne me restait donc que les siens...

CLAUDE

Je vois. Et dans quoi faites-vous, à propos ?

ANTOINE

Dans quoi je fais ?

Il comprend.

Ah !... je fais dans la sciure.

Mine estomaquée de Claude.

Oui... j'achète de la sciure en vrac et je la revends en sacs. Ce n'est pas sorcier... mais ça demande un certain flair... j'ai hérité l'affaire de mon père.

CLAUDE

Ah ! votre père ?...

ANTOINE

Dans la sciure aussi, oui... mais moi, en outre, j'écris.

CLAUDE

Tiens... vous faites aussi dans la littérature ?

ANTOINE

Oui... je suis assez doué... à condition de souffrir.

CLAUDE

C'est parfait... mais de ce côté-là, vous devez avoir des interlocuteurs beaucoup plus amusants que moi ? des écrivains, des poètes ?

ANTOINE

Je n'ai guère confiance ; les relations que l'on peut avoir avec eux sont toujours empreintes d'une certaine gêne... oui... parfois même de jalousie.

CLAUDE, *ironique*

Ils envient votre talent ?

ANTOINE

Oh non ! ils envient la sciure ! le talent, ils l'ont tous. Il ne leur manque que l'argent. Mais ça suffit à les rendre antipathiques.

CLAUDE

En somme, je suis le seul à qui vous puissiez parler de votre femme.

ANTOINE

En somme, oui. Qu'est-ce que vous voulez, à part le tableau et le rideau vert, je n'ai rien à vous reprocher...

CLAUDE

Le tableau, ça ne fera pas plaisir à Lucie.

ANTOINE

Comment ?

CLAUDE

Oui, c'est elle qui me l'a donné hier. Oh, moi je suis

d'accord avec vous, c'était une horreur. De Picasso, je n'aime que la période bleue. La rose, à la rigueur.

ANTOINE

De Picasso ! C'était...

CLAUDE

Ça n'a pas d'importance, vous savez, il en fait de nouveaux tous les jours.

ANTOINE

Mais ça vaut au moins...

CLAUDE

Vous n'êtes pas généreux. Enfin, tant pis, vous vendrez un peu plus de sciure.

ANTOINE

Ah, tout de même, c'est bête...

CLAUDE

Ça oui... une chose qui vous gêne, il est beaucoup plus simple de ne pas la regarder que de la détruire...

ANTOINE

Oui, mais quand on l'a sous les yeux tout le temps !

CLAUDE

Alors, il faut la donner... elle peut toujours faire plaisir à quelqu'un d'autre.

Un silence — il regarde sa montre.

Cinq heures et demie ! Lucie devrait être là depuis longtemps ! Elle n'a pas eu un accident, au moins !...

ANTOINE, *regarde la sienne*

Oh... Charles doit en être à sa troisième panne de carburateur. Une à la Muette, une au Rond-Point et une à Saint-Lazare. Ça nous fait cinq minutes.

CLAUDE

C'était prévu ?

Antoine acquiesce.

Bon, bon, bon. Mais ça ne va pas paraître bizarre, trois pannes de carburateur ?

ANTOINE

Non, c'est naturel, il y a trois carburateurs.

CLAUDE

Mes compliments... c'est au moins une Delahaye.

ANTOINE

Une Talbot. Mais je ne l'ai pas achetée pour ça, vous savez. C'est Lucie qui l'a choisie.

CLAUDE

Tout pour être heureux. Une belle voiture...

ANTOINE

Une femme délicieuse... Et je suis chez vous ! Déjà, j'ai des pincements au cœur.

CLAUDE

Ah ?

ANTOINE

Oui. Littéralement, ça me torture ! Quel chef-d'œuvre je vais écrire !

Sonnerie de téléphone.
Antoine va décrocher, Claude le devance.

CLAUDE

Excusez-moi.

Au téléphone.

Allô ! 47-83 ! oui, monsieur Vilebrequin. Vous passer monsieur Bonneau, mais qui est à l'appareil ? Ah ! bon !...

ANTOINE, *avance et prend*

Vous voyez bien que c'était pour moi... mais qui peut me téléphoner ? personne ne sait que je suis ici.

CLAUDE

Si, votre chauffeur.

Il lui tend.

Et Dieu.

ANTOINE, *bouche l'appareil*

Quoi ? et qui encore ?

CLAUDE

Dieu. Dieu sait tout.

ANTOINE

Oh ! Lui, ça ne fait rien ! il en voit tellement !

Au téléphone.

Allô... Charles, ici Bonneau... quoi ? naturellement, ça a marché les trois fois ? Une quatrième panne ? mélange trop pauvre ? Une soupape grillée ! Ah ! merde, alors.

CLAUDE

Une panne de rabiot, en somme.

ANTOINE

Naturellement, vous avez bien fait de me prévenir. Et madame ?... elle a pris un taxi ? Elle vous a dit qu'elle rentrait à la maison ? Bon... Eh bien, mettez-la au garage, naturellement !

CLAUDE

Vous êtes dur avec votre femme.

ANTOINE, *à Claude*

Quoi ? c'est la voiture...

Au téléphone.

Comment, Charles ? Ah ! ça c'est assommant... Bon... faites pour le mieux.

Il raccroche.

Il dit qu'il y en a pour trente billets de réparation... C'est bien notre veine !

CLAUDE

Votre veine, si ça ne vous fait rien...

ANTOINE

Oh, moi, je suis partageux !...

CLAUDE

Alors pensez au garagiste...

Antoine bougonne.

Vous vouliez souffrir, oui ou non ?

ANTOINE

Oh, mais le portefeuille, c'est une douleur bien trop terre à terre... c'est une jambe cassée, ce n'est pas un poison lent... et comble de déveine, Lucie ne vient pas !

CLAUDE, *furieux*

Elle ne vient pas ! Ah, zut alors ! Ce que vous pouvez être casse-pieds !

ANTOINE

Si vous croyez que ça m'amuse ! Moi qui allais pondre un chef-d'œuvre !

CLAUDE

Ça, je m'en fous, alors !

ANTOINE

Ça ne m'étonne pas. Heureusement que la postérité jugera.

CLAUDE

Bon. Eh bien je n'ai plus qu'une chose à faire. Donnez-moi vos clés.

ANTOINE, *se fouille*

Mes clés... pourquoi ?

CLAUDE

Vite !

Il les lui prend.

Celle-là, c'est laquelle ?

ANTOINE

Celle-là... la porte d'entrée... celle-ci mon bureau... celle-là... ah ! non ! pas celle-là !

CLAUDE

Je prends tout !

Il les rafle.

ANTOINE

Mon whisky ! Non, alors !

CLAUDE

Allons ! entre nous, pas de façons... Bon. Tout est en ordre.

Il regarde.

Au fait, vous aurez le lait demain à huit heures... C'est la concierge qui le monte pour nous deux... Roger et moi... méfiez-vous du réchaud à gaz, le tuyau fuit un peu, fermez bien le robinet d'arrêt... et puis la douche ne marche pas, il faut tirer sur la soupape avec le bout du tire-bouchon... C'est très facile... si ça explose, vous pourrez aller la prendre chez Roger... oh ! il est très gentil, il ne s'étonnera pas... dites que vous êtes un ami à moi... ne vous effrayez pas... il a eu un accident récemment, il a la tête couverte de pansements... mais c'est un très brave type ; il y a du pain pour ce soir... dans le four... pensez à l'y laisser, sans ça la souris fait caca dessus... et si on me téléphonait du magasin, soyez gentil, donnez mon nouveau numéro.

ANTOINE, *démonté*

Lequel ?

CLAUDE

Eh ben, mais le vôtre, voyons... Aurteil 55-85... Bon... ça a l'air d'être tout... alors je vous laisse ; quand Lucie téléphonera, dites-lui que j'arrive... allez, on boit le coup de la séparation.

Il prend des verres tout en parlant et sert deux rouges-bord.

Un peu de roquefort ? Non ? Tout bien réfléchi, je vais en reprendre un peu... j'adore le roquefort.

Antoine regarde son verre de rouge d'un air dégoûté.

Le roquefort et le gros rouge... c'est... euh, c'est épatant pour ce que j'ai, en tout cas. Vous ne buvez pas ? Je vous ai donné un verre propre, vous savez.

Durant toutes ces répliques, il finit la tartine commencée au début.

Ah... ça va mieux... maintenant, le coup de chasse.

Il vide son verre d'un trait.

Au fait ! j'oubliais... ma brosse à dent.

Il va et revient rapidement tout en parlant.

Les pyjamas...

Il jauge Antoine.

Heu... je ne pourrai pas entrer dans les vôtres... bah, tant pis, je dormirai sans pyjama... une fois par hasard... vous ne m'en voudrez pas... mon rasoir... bon... C'est tout... Quelle est votre pointure ?

ANTOINE

Hein ?... quarante-deux...

CLAUDE

Ben dites donc, pour votre taille, qu'est-ce que vous avez comme nougats !... moi, je ne fais que quarante-trois et j'ai une tête de plus que vous... enfin, je vous en emprunterai quelques paires... ça, c'est une manie chez moi... je change de chaussettes deux fois par jour.

Il se penche et lève le pantalon d'Antoine.

Comment sont-elles ? Ah ! quelle horreur ! enfin... tant pis, ça m'assomme d'en emporter et puis je n'ai pas le temps... Lucie a assez attendu comme ça... alors au revoir, hein... on se téléphone... et n'oubliez pas pour la douche hein... sans ça le voisin du dessous est inondé à chaque coup.

Il vide un dernier coup.

Fameux, ce beaujolais...

Il repose son verre et part avec un geste.

Salut !...

SCÈNE IV

ANTOINE

Eh ben ça !...

Il reste seul en scène, un peu abasourdi, le verre toujours à la main. Hésitant, il le porte à ses lèvres.

Pouah ! quelle horreur !...

Il va pour le reposer, mais le téléphone sonne. Il a un air de rat traqué.

Lucie ! Déjà ! Bon Dieu !

Il regarde son verre et marche lentement vers le téléphone.

Qu'est-ce que je vais prendre !

Il décroche.

Allô !... Allô ! Comment, vieux con ? Je vous prie... mais non, ce n'est pas Claude Vilebrequin ! Non, je ne vous excuse pas !

Il raccroche d'un geste sec.

Quelles relations il a ! Mais bon Dieu, quelle émotion...

Il va dans la pièce et tombe sur le livre ouvert.

Qu'est-ce qu'il lisait ? Casanova ! Ça ne m'étonne pas de lui...

Il lit avec attention et sursaute.

Comment !

Il relit.

Du roquefort et du vin rouge ! Et il a fait ça sous mon nez ! le cochon ! le saligaud ! Je suis furieux !

Il met la la main sur son cœur.

Je souffre...

Ravi.

Mais oui ! je souffre !

Il se réexcite.

Le satyre ! l'animal...

Cœur.

Oh ! je souffre magnifiquement ! Et il va la rejoindre !...

Regarde sa montre.

Il est en route ! Dans quelques minutes, une étreinte fougueuse va les réunir ! Du papier ! Du papier ! Une plume !

Il s'installe fébrilement.

Ses lèvres purpurines vont s'écraser sur la bouche juvénile du garçon !

Il écrit.

Je suis parti pour un chef-d'œuvre !

Sonnerie à la porte, il croit que c'est le téléphone.

Tu peux retentir, sinistre engin ! Pégase m'emporte sur ses ailes de velours largement éployées au vent génial de l'inspiration !

Il écrit.

Ce n'est pas moi qui te répondrai ! Je serai de fer !...

SCÈNE V

ANTOINE, FRANCIS, LUCIE

La porte s'est ouverte et Francis apparaît avec ses bandes. Il va à tâtons au buffet, prend sa tartine et appelle.

FRANCIS

Claude !

ANTOINE, *lève le nez, sursaute*

Maman !

FRANCIS

Fais-moi manger ma tartine.

Il se heurte au porte-parapluies.

Espèce de cruche ! Tu aurais pu l'enlever !

ANTOINE

Ça parle ! C'est vivant !

FRANCIS

Alors, andouille ! Tu viens me la faire manger, ma tartine ? Où es-tu ?

ANTOINE

Hum... à qui ai-je l'honneur...

FRANCIS

Pardon ? Ce n'est pas toi, Claude ?

ANTOINE

Ici Antoine Bonneau.

Francis sursaute.

FRANCIS

Antoine Bonneau !

Il se remet.

Excusez-moi, je suis Francis, son voisin... Vilebrequin n'est pas là ?

ANTOINE

Il est sorti un moment...

FRANCIS

Quelle rosse ! Qu'est-ce qui va me faire manger ma tartine, alors ?

ANTOINE

Je peux vous être utile ?

FRANCIS

Ecoutez, je ne voudrais pas... Ça me gêne...

ANTOINE

Moi aussi, mais enfin...

FRANCIS

Mais ce n'est pas commode parce qu'il me faut deux mains pour écarter les bandes, et il ne m'en reste plus pour la tartine...

ANTOINE

Mais je vais vous la tenir... Asseyez-vous.

FRANCIS

Je vous dérange, hein !

ANTOINE

Heu... pas du tout, pas du tout !

FRANCIS

Vous êtes un ami de Claude ?

ANTOINE

C'est ça.... un ami.

FRANCIS

Vous écrivez, hein ?

ANTOINE

Comment avez-vous deviné ça ?

FRANCIS

J'ai senti l'odeur de l'encre...

ANTOINE

Vous avez senti...

Il le regarde, l'air soupçonneux.

Hum !... Asseyez-vous.

Francis s'assied et lui tend la tartine.

Merci...

FRANCIS *écarte son pansement et ouvre la bouche.*

Allez-y !

ANTOINE

Quoi ?

FRANCIS

Miam !

ANTOINE

Ah, pardon !

Il lui pousse la tartine dans le gosier — gémissements inarticulés de Francis.

FRANCIS, *en bafouillant*

Pas si loin.

ANTOINE

Quoi ?

Il la retire.

FRANCIS

Vous allez m'étouffer !

Il déglutit péniblement.

ANTOINE

Excusez-moi, je n'ai pas l'habitude.

Il lève les yeux au ciel.

FRANCIS

Ça vous assomme, hein ?

ANTOINE

Mais non ! Je suis ravi !

Même jeu.

FRANCIS

Ne levez pas les yeux au ciel comme ça !

ANTOINE

Je ne lève pas... Oh, zut !

Il lui fourre la tartine.

Et d'abord, comment savez-vous que je lève les yeux au ciel ?

FRANCIS *avale*

Je le sens.

ANTOINE

Quoi ?

FRANCIS

Je le sens !

ANTOINE

Ah !...

Soupçonneux, il lui fait un pied de nez, qu'il répète tout en lui donnant le reste de la tartine.

Vous avez dit ça au hasard !

FRANCIS

Pas du tout.

ANTOINE

Je ne vous crois pas.

FRANCIS, *lui fait un pied de nez*

Ah, bon... Libre à vous.

Antoine, vexé, se détourne.

ANTOINE

C'est tout ?

FRANCIS

C'est tout.

ANTOINE

Rien d'autre pour votre service ?

FRANCIS

Merci... je me sens mieux.

ANTOINE

Parfait.

FRANCIS

Remettez-vous au travail.

ANTOINE

Au tra... Quel travail, d'abord ?

FRANCIS

Votre roman.

ANTOINE

Vous saviez...

FRANCIS

Non. J'ai senti l'encre...

ANTOINE

Oh ! vous m'exaspérez !...

FRANCIS, *amer*

C'est mon infirmité...

ANTOINE

Bon. Eh bien, j'écris volontiers dans la souffrance...

FRANCIS

C'est assez courant...

ANTOINE, *piqué*

Ah ? bon. Mais de là à me complaire sous le sarcasme !

FRANCIS

Fus-je donc sarcastique ?

ANTOINE

Certes !

FRANCIS

Je m'en excuse. Les malades sont volontiers irritables.

ANTOINE

Oh, il est possible que moi-même...

Un temps.

Vous connaissez bien Vilebrequin ?

FRANCIS

Heu... comme ça... c'est un voisin.

ANTOINE

Ah.

FRANCIS

Au fait... il était seul, tout à l'heure ?

ANTOINE

Oui.

FRANCIS

Et quelle impression vous a-t-il faite ?

ANTOINE

Vous savez, je l'ai vu aujourd'hui pour la première fois, c'est un peu court !

FRANCIS

Tiens.

ANTOINE

C'est l'amant de ma femme.

FRANCIS, *furieux*

Oh ! Le salaud !

ANTOINE

Merci !... mais calmez-vous, ça ne me gêne pas...

FRANCIS

C'est infect ! Oh ! l'ignoble individu !

ANTOINE

N'est-ce pas ! Mais enfin, c'est grâce à lui que je souffre !

FRANCIS

Ce n'est pas une raison ! L'infâme sagouin !

ANTOINE

Votre colère me touche !

FRANCIS

Mais faites quelque chose !

ANTOINE

Je fais quelque chose ! J'écris !

FRANCIS

Pfff !

ANTOINE

Comment, Pfff !

FRANCIS

Vous me révoltez ! Vous n'avez donc pas de dignité ?

ANTOINE

Mon art passe avant ma dignité !

FRANCIS

Quel mollusque !

ANTOINE

La postérité jugera.

FRANCIS

Ah ! là ! là ! Enfin, il vaut mieux voir ça que d'être aveugle !

ANTOINE

Vous qui êtes aveugle — temporairement —, je m'étonne que vous preniez ça comme ça !

FRANCIS

Vous me révoltez, vous dis-je !

ANTOINE

La souffrance m'est aussi nécessaire qu'à vous... je ne sais pas, moi, vos tartines !

FRANCIS

Ah, foutez-moi la paix, avec ma tartine ! Que d'histoires, pour une malheureuse tartine !

ANTOINE

Mais je ne vous reproche rien...

FRANCIS, *saisi*

Comment ?

ANTOINE

Oui, enfin... vous ne pouvez pas voir ça de la même façon que moi.

FRANCIS

Non... c'est vrai.

ANTOINE

Lucie me trompe ; je le sais ; et elle sait que je le sais.

FRANCIS

Et vous savez qu'elle sait que vous savez...

ANTOINE

Ça suffisait comme ça. Lucie fait le sacrifice de me tromper.

FRANCIS

Eh bien, merci pour le sacrifice !

ANTOINE

Pourquoi merci ?

FRANCIS

Heu... la langue m'a fourché.

ANTOINE

Ah... Bon. Lucie fait le sacrifice de me tromper, car elle sait que la littérature en profite. Enfin, je veux dire qu'elle en profiterait si je n'étais pas tout le temps dérangé...

FRANCIS

Ça, c'est raide ! Je m'en vais, mari complaisant — je vous laisse à votre stupre.

ANTOINE

Comment, mon stupre !

FRANCIS

Oui, votre stupre ! Misérable ! alors que votre femme, que Lucie est peut-être vautrée, à l'heure qu'il est, dans les bras de l'ignoble Vilebrequin qui la couvre de ses baisers visqueux...

ANTOINE

Oh ! continuez !

Il est en extase.

FRANCIS

De ses caresses impures et la contraint à des enlacements lubriques comme ceux d'un bouc...

Antoine se précipite à sa table.

ANTOINE

Allez-y ! Allez-y ! Le chef-d'œuvre ! Je le sens ! Je souffre !

Il se met à écrire.

FRANCIS

Ils sont nus tous deux et leur chair enflammée par le désir...

ANTOINE

Pardon, y a-t-il deux 1 à appeler ?

FRANCIS

Quoi ?

ANTOINE

Je vous demande s'il y a deux 1 à appeler ?

FRANCIS

Mais j'en sais rien !...

ANTOINE

Bon, tant pis. Continuez ! C'était formidable !

FRANCIS

Ah, non, je ne peux plus.

ANTOINE

Mais si ! La chair embrasée par le désir !...

FRANCIS

Enflammée.

ANTOINE

Oui, oui, ne vous arrêtez pas tout le temps pour des broutilles ! Allez !

FRANCIS

Mais je ne peux plus !...

ANTOINE

Un effort !...

FRANCIS

Ah, c'est insupportable, écoute ! Tu es toujours aussi embêtant.

ANTOINE

Tu me tutoies ?

FRANCIS

C'est vous qui me tutoyez !

ANTOINE

Cette voix, subitement ! Il m'a semblé entendre un fantôme...

La porte s'ouvre, Lucie entre sans qu'il la voie.

Un fantôme lointain, enseveli sous des couches innombrables de souvenirs bigarrés...

SCÈNE VI

ANTOINE, FRANCIS, LUCIE

Elle a paru surprise de le voir, et se décide.

LUCIE

Antoine, ton style ne s'améliore pas !

ANTOINE *sursaute* et FRANCIS, *soulagé*

Lucie !

LUCIE

Qu'est-ce que tu fiches ici, Antoine ?

ANTOINE

Eh bien et toi ? Tu as dit à Charles que tu rentrais ?

LUCIE

Oui, pour qu'il te le répète... mais je ne m'attendais pas à te trouver là...

ANTOINE

Heu.. tu permets que je te présente... Francis... hum...

FRANCIS

Francis de Clérambault.

LUCIE

Très heureuse... Et maintenant, vas-tu me dire...

Antoine regarde Francis, grimace.

FRANCIS

Bon, bon, je sors...

ANTOINE

Ça alors, mais je n'ai rien dit !...

FRANCIS

Votre mâchoire a craqué.

Antoine fait une tête.

FRANCIS

A tout à l'heure.

LUCIE

C'est ça...

SCÈNE VII

LUCIE, ANTOINE

LUCIE

Qu'est-ce que c'est que cette visite ridicule ? Qu'es-tu venu faire ici !

ANTOINE, *désigne ses papiers*

Eh bien... tu vois... Je souffrais trop. Alors j'en ai profité.

LUCIE

Et de quoi souffrais-tu ?

ANTOINE

De ta conduite.

LUCIE

De ma conduite ? Où est Claude ?

ANTOINE

Chez moi... euh... chez toi... c'est-à-dire chez nous.

LUCIE

Tu as envoyé Claude là-bas ?

ANTOINE

Il y a été tout seul.

LUCIE

Antoine, qu'est-ce que tu viens encore de manigancer ?

ANTOINE

Rien du tout.

LUCIE

Ne me raconte pas d'histoires. Jamais tu n'as fait une chose pareille. Je ne te comprends plus du tout. Tu as mué.

ANTOINE

J'ai mué ?

LUCIE

Oui... tu as changé de peau... ce n'est plus toi.

ANTOINE, *désespéré*

Alors tu n'as vraiment rien compris ?

LUCIE

Rien.

ANTOINE

La date ne te dit rien ?

LUCIE

Rien.

ANTOINE

Et la panne non plus ?

LUCIE

La panne ?

ANTOINE

La panne de carburateurs. La première à la Muette, la seconde au Rond-Point, la troisième à Saint-Lazare.

LUCIE

C'était exprès ?

ANTOINE

Naturellement. Pour te rappeler la date !

LUCIE

Alors, tu as cassé la voiture pour me rappeler la date ? Tu aurais pu me montrer un calendrier...

ANTOINE

Enfin, Lucie, nous sommes le 12 mai !

Il est lugubre.

LUCIE

Oui, tu as peut-être raison.

ANTOINE

Nous sommes le 12 mai depuis six jours.

LUCIE

Non, mon coco, depuis ce matin...

ANTOINE

Enfin je veux dire qu'il y a six jours c'était le 6 mai.

LUCIE

Tu comptes mal... c'était le 7... Tu te trompes toujours dans le calendrier.

ANTOINE

Mais le 6 mai, Lucie ! Ça ne te dit rien ?

LUCIE, *comprend*

Ah !

ANTOINE

Oui... depuis six mois et six jours, tu couches avec ce Vilebrequin !... tu as oublié la date... tu te rends compte... Pour la première fois depuis seize ans ; et depuis six jours, j'attendais que tu te rappelles alors j'ai pris une décision héroïque... je suis venu le trouver ; parce que j'avais compris que tu l'aimais.

LUCIE

Que je l'aimais ! Tu ne l'as pas tué, Antoine !

ANTOINE

Mais non... mais non... c'est la concordance des temps, et puis, ne dramatisons pas, six jours sur six mois, ça ne fait jamais plus que du trois pour cent ; ce n'est peut-être pas encore la passion. On ne tue pas un homme pour ça !

LUCIE

D'autant plus que ce n'est pas lui que je viens voir depuis six mois.

ANTOINE, *abasourdi*

Quoi !

LUCIE

Ce n'est pas lui. C'est Francis Lopez.

ANTOINE, *ricane*

Ça, tu pourrais trouver autre chose... Francis Lopez a disparu de ta vie depuis six mois et six jours ; depuis six mois et six jours tu viens voir Claude Vilebrequin.

LUCIE

Depuis six mois, Francis Lopez habitait ici...

Elle montre l'endroit.

Et depuis six jours, il a été remplacé par Roger de Clérambault.

ANTOINE

C'est peut-être lui que tu venais voir, aussi...

LUCIE

Non. Aujourd'hui c'était Claude.

ANTOINE

Alors tu vois bien.

LUCIE

Mais Claude n'est pas mon amant.

ANTOINE

Et c'est lui que tu venais voir aujourd'hui.

LUCIE

Oui.

ANTOINE

Et ce n'est pas lui que tu venais voir depuis six mois ?

LUCIE

Non. C'est Francis Lopez.

ANTOINE

Oh ! je deviens fou !

LUCIE

C'est pourtant bien simple ! Oh, que c'est ennuyeux tout ça, pourquoi est-ce que tu es venu !

ANTOINE

Quoi ! Par exemple !

LUCIE

Demain, tout serait rentré dans l'ordre.

ANTOINE

Demain ?

LUCIE

Mais oui, demain, le temps qu'André ait une nouvelle figure.

ANTOINE

André ?

LUCIE

André Dupont.

ANTOINE

Quel André Dupont ? Tu ne vas pas me dire...

LUCIE

Si, je vais te dire ; si, je vais te dire que c'est le même ; oh et puis j'en ai assez, je vais tout te dire, parce que tout ça me fatigue ! Me fatigue !

ANTOINE

Mais Lucie ! C'est toi qui es en faute ! C'est toi qui

as oublié la date ! C'est toi qui n'as pas respecté nos conventions ! Depuis dix-sept ans...

LUCIE

Depuis seize ans... je ne t'ai pas trompé la première année.

ANTOINE

Depuis seize ans c'est la première fois que tu oublies, malheureuse ! Et ça te fatigue !

LUCIE

Ne me traite pas de malheureuse ! Moi je ne demanderais pas mieux que de te rester fidèle ; mais le soir où tu es parti chercher des allumettes je ne pouvais pas savoir que ça serait André Dupont qui remonterait à ta place ; c'est toi qui as tout manigancé d'ailleurs je ne me suis pas aperçue de grand-chose... il était troublé.

ANTOINE

Oh ! ça a tout de même dû te changer ! Il était affreux.

LUCIE

Pas tellement ! Et puis la nuit, tu sais, un homme troublé ou un homme qui ne peut pas...

ANTOINE

Je l'avais choisi laid exprès pour souffrir plus.

LUCIE

Merci quand même. Et ensuite tu m'as dit de continuer à changer d'amants parce que tu t'étais habitué à André, que ça ne te faisait plus rien et que tu ne pouvais travailler que dans la douleur.

ANTOINE

C'était parfaitement exact... mais cette fois, tu as

été trop loin... ce n'est plus de la douleur, c'est très ennuyeux.

LUCIE

Mais puisque je te dis que c'est Francis Lopez que je vois depuis six mois !

ANTOINE

Je ne te crois pas.

LUCIE

Oh ! ça, c'est trop fort !

ANTOINE

Lucie ! Calme-toi !

LUCIE

Non, je ne me calmerai pas ! D'ailleurs c'est trop injuste, après le mal que je me suis donné pour te faire croire que je te trompais, de me l'entendre reprocher. Eh bien, si tu veux le savoir, je suis la fidélité même ; je n'ai jamais changé de mari ; ça tu es bien placé pour le savoir, et en outre je couche avec le même amant depuis seize ans !

ANTOINE

Lucie ! Mais tu bats la campagne... enfin...

Il porte la main à sa poche.

J'ai la liste ici même...

LUCIE

Ta liste ! Ta liste ! Je le sais mieux que toi, n'est-ce pas... et il a eu assez de mal à accepter de changer de nom tous les six mois, ce pauvre André...

ANTOINE

Quel André ?

LUCIE

Mais André Dupont, voyons...

ANTOINE

Encore ! Allons. Voyons. Calme-toi. Le second s'appelait Raoul d'Andrésy.

LUCIE

C'était André Dupont.

ANTOINE

Mais il était méconnaissable !

LUCIE

Bien sûr... il s'est fait arranger le nez par un chirurgien esthétique... ça m'a coûté assez cher...

ANTOINE

Dis donc, dis donc, pas trop cher, j'espère...

LUCIE

Ah, je ne me rappelle plus... mais quand on veut un amant différent pour sa femme tous les six mois, il ne faut pas s'étonner d'y mettre le prix... et Barnett, c'était encore André Dupont !...

ANTOINE

Barnett ? L'Américain ?

LUCIE

Parfaitement... il s'est fait teindre en roux et tailler les oreilles en pointe... ce que j'ai ri... il était furieux...

ANTOINE

Je suis confondu ! Mais tu mens ! Tu mens ! Ce n'est pas possible !... Alors Luis Perenna...

LUCIE

Luis Perenna, ça, alors, ça sautait aux yeux... le malheureux... il était obligé de boire un litre de vin rouge à jeun tous les matins pour se changer la voix... il avait peur que tu ne le reconnaisses !...

Elle rit.

Ah ! Ce que c'était drôle !... Il le faisait passer avec du roquefort...

ANTOINE

Oh !... Quel cochon ! Et les autres ? Tous les autres... Enfin, Lucie, c'est révoltant ! Pas les autres !...

LUCIE

Prends ta liste !... Prends ta liste je te dis !... Vérifie ! D'ailleurs, tous les noms sont dans Arsène Lupin...

ANTOINE

Dans Arsène Lupin ?

LUCIE

Oui... dans les livres, Barnett, c'est l'Agence Barnett, Luis Perenna c'est *L'Ile aux trente cercueils*, etc., tu ne penses tout de même pas qu'on allait s'esquinter à trouver tous ces noms... Oh ! et quand il s'est fait allonger les yeux !

Elle s'esclaffe.

Soixante mille francs... en 1939.

ANTOINE, *saute*

Eh bien... pour ce prix-là... il aurait presque pu empêcher la guerre... et tout au moins chercher des pseudonymes plus originaux...

LUCIE

Pourquoi, puisque tu marchais chaque fois ? Et

puis c'est amusant, Arsène Lupin... toi, tu lis toujours du Claudel.

ANTOINE, *il explose*

Nom de Dieu ! Alors tu vas me dire que depuis seize ans tu me trompes avec André Dupont, sous mon nez ! Oh ! Courtisane !...

LUCIE

Tu ne t'en es pas aperçu, écoute !

ANTOINE

Naturellement, je ne m'en suis pas aperçu. Au début, il était affreux, et à force de se faire opérer, maintenant il a l'air d'avoir dix ans de moins que moi... alors Marillac, c'est Dupont ?

LUCIE

Oui. Mais Marillac, c'est pas dans Arsène Lupin... c'est dans l'annuaire...

ANTOINE

Ah, dans l'annuaire ! De mieux en mieux !

LUCIE

Mais tu y es aussi !

ANTOINE

Ce n'est pas une référence ! Et Francis Lopez, le peintre mexicain ?

LUCIE

Ça, c'est après avoir vu *Andalousie*... André s'est fait teindre en noir et il a acheté une lampe solaire pour se bronzer... il a pelé pendant huit jours !...

Elle rit.

Oh ! Ce qu'on a ri aussi, ce jour-là...

ANTOINE

Et Vilebrequin ? Ce n'est tout de même pas Dupont, Vilebrequin ? Un nom comme ça... c'est pas possible, André aurait refusé.

LUCIE, *silence*

... Non... Claude, ce n'est pas André...

ANTOINE

Mais ça y est !... J'ai trouvé !... ça m'a surpris en entrant !... C'est son portrait craché !

LUCIE

Claude ? Le portrait d'André ?

ANTOINE

Craché, je te dis ! J'ai sursauté quand je l'ai vu... c'est ça... c'est André à vingt-cinq ans...

LUCIE, *troublée*

Tu as peut-être raison... je ne me rappelle plus...

ANTOINE

Comment, tu ne te rappelles plus ! Depuis seize ans que tu me trompes avec lui !...

LUCIE

Il a tellement changé, tu sais...

ANTOINE, *main au portefeuille*

Ah ! ça ! Je sais ce que ça me coûte ! Le saligaud !... En tout cas, Vilebrequin est le portrait d'André Dupont à vingt-cinq ans... il était affreux...

LUCIE

Il n'était pas affreux du tout !...

ANTOINE

Je préfère dire qu'il était affreux... pour le premier, c'est moins vexant...

LUCIE

Mais c'est toi qui me l'avais présenté !...

ANTOINE

Oui... ça, je reconnais que c'est moi...

LUCIE

D'ailleurs c'est pour ça que je n'ai jamais cherché personne d'autre...

ANTOINE

Parce que c'est moi qui te l'avais présenté ?

LUCIE

Oui... il me venait de toi... j'avais moins l'impression de te tromper...

ANTOINE

Ça, c'est gentil... mais puisque j'étais d'accord ?

LUCIE

Antoine... écoute !... ça me gênait tout de même... et tu sais... non, je n'ose pas le dire, c'est ridicule...

ANTOINE

Allons, dis-le...

LUCIE

Si ça ne s'était pas passé comme ça... dans le noir... Antoine... je crois que jamais je n'aurais...

ANTOINE

Quoi ?

LUCIE

Non, Antoine... tu sais, je n'y tenais pas tellement...

j'avais vingt et un ans et à cet âge-là, on est plus sentimentale que sensuelle...

ANTOINE

Alors si je n'avais pas envoyé André...

LUCIE

Si tu n'avais pas mis André dans mon lit... non, je ne t'aurais jamais trompé.

ANTOINE, *atterré.*

Oh !... alors tout ça, c'est ma faute !...

LUCIE

Naturellement, depuis, bien sûr, j'ai appris à trouver ça agréable... mais je lui suis restée aussi fidèle qu'au premier jour... parce qu'il me venait de toi...

ANTOINE, *gros effort sur lui-même*

Bon... Eh bien ne revenons pas sur le passé... ce n'aurait été que partie remise ; j'accepte la responsabilité de mes actes ; c'est moi qui t'ai mise en rapport avec André ! Mais ce n'est pas moi qui t'ai mise en rapport avec cet affreux Vilebrequin avec qui tu couches depuis six mois.

LUCIE

Mais puisque je te répète que c'est Francis Lopez et que Vilebrequin n'était qu'un prête-nom !... et puis... c'est presque pareil... c'est André qui me l'a présenté...

ANTOINE

André ! C'est complet ! il me fait ça, à moi ! Lui ! Le salaud !

LUCIE

Antoine, je t'en prie, mon lapin gris...

ANTOINE

Ah ! non ! Pas gris ! C'est lugubre ! Mais tes amants, c'est moi que ça regarde ! De quoi se mêle-t-il, André !

LUCIE

Ecoute, il n'y est pour rien !

ANTOINE

Et d'ailleurs, ça m'étonne ! André est jaloux comme un tigre !

LUCIE

Il ne s'en est pas aperçu, avec ses pansements.

ANTOINE

Quoi ! L'homme aux pansements, c'est André !

LUCIE

Oui... il vient de se faire opérer pour la trentième fois...

ANTOINE, *illuminé*

Et il va s'appeler Roger ?

LUCIE

Oui ! Roger de Clérambault... ça, c'est dans les œuvres complètes de Ponson du Terrail... mais tu ne lis que Montherlant...

ANTOINE

Mais alors, ce Vilebrequin, tu ne... heu... tu ne... que depuis six jours ?

LUCIE

Oui... Je me tue à te le dire...

ANTOINE

Tu l'as rencontré chez André ? Chez Francis ? Je veux dire chez Roger ! Oh, zut, je m'y perds... Enfin, tu l'as rencontré chez lui et vous avez profité de ce qu'il avait la tête couverte de pansements, le malheureux, pour abuser de la situation ! Oh ! c'est indigne !... Mais laisse-moi compter... Mais alors, si c'est Francis que tu venais voir, ça fait un an avec Francis !... Oh !

Il s'effondre.

Ma tête...

LUCIE

Mais puisque c'est toujours André, mon écureuil sauvage, ça fait bien plus d'un an !...

ANTOINE

Et Claude, ce n'est pas André ? Tu es sûre ?

LUCIE

Absolument sûre !

ANTOINE

Mais comment se sont-ils connus, André et Claude ?

LUCIE

Eh bien, il y a six mois, André en avait assez de se faire opérer de nouveau... tu sais, j'ai du mal à le persuader, et il commence à ne plus savoir quelle tête se faire, alors il est venu s'installer chez Claude, un jeune décorateur qu'il connaissait vaguement, et nous t'avons fait croire que je te trompais avec Claude. Et puis ça a marché six mois comme ça mais la dernière opération a raté !

Elle éclate d'un fou rire.

Figure-toi, c'est tellement drôle ! Il a voulu se faire remodeler le front... une greffe osseuse, je ne sais pas quoi...

Elle se tord.

ANTOINE

Et alors ?

LUCIE

Il lui pousse une corne ! Mais tu sais, une corne énorme ! Il a l'air d'une licorne ! Et il est furieux ! Ce que c'est drôle !

ANTOINE, *commence à se marrer doucement*

Effectivement... c'est assez gai... et c'est pour ça, le pansement ?

LUCIE

Oui... c'est pour cacher la corne !

ANTOINE

C'est très drôle !

Il se met à rigoler. Apparaît Francis.

SCÈNE VIII

LUCIE, ANTOINE, FRANCIS

FRANCIS

A la bonne heure ! Au moins, ici, on s'amuse !

ANTOINE, *à Lucie*

Et tu me dis que c'est André, ce truc-là ?

LUCIE

Oui, c'est André...

ANTOINE

Eh bien... ça me fait quelque chose quand même...

FRANCIS

Ne vous gênez pas... continuez... ce truc-là ! Ma parole !

ANTOINE

Allez, c'est pas la peine de tourner autour du pot... ça me fait quelque chose... André Dupont ! Mon premier copain !...

FRANCIS, *ému*

Antoine...

ANTOINE, *ému*

Lucie m'a tout dit...

FRANCIS, *ému*

Je sais, j'ai tout écouté à la porte.

ANTOINE, *ému*

Tu es un salaud !

FRANCIS, *ému*

Et toi, tu es un dégueulasse...

ANTOINE

Mais je suis content de te revoir. Un copain, ça fait quand même quelque chose.

FRANCIS

Au bout de seize ans...

ANTOINE

Eh, oui... Seize ans de douleur.

FRANCIS

Oui... Seize ans de douleur.

LUCIE

Eh bien, merci...

ANTOINE

Oui, écoute, André, tu ne devrais pas dire ça...

FRANCIS

Ah, là là... bien sûr... mais je pensais aux opérations...

ANTOINE

Trente et une opérations... mon pauvre vieux...

FRANCIS

Trente... l'avant-dernière, je me suis dégonflé...

ANTOINE

Est-ce que ça fait très mal ?

FRANCIS

Ce n'est pas que ça fasse tellement mal, mais à la longue, c'est lassant...

ANTOINE, *déçu*

Ah, dommage...

FRANCIS

Toi, ça te fait rigoler.

ANTOINE

Tu sais, c'est involontaire... le comique de répétition.

FRANCIS

Mais ça fait assez mal, tu sais...

ANTOINE

Oui... mais ce n'est jamais qu'une douleur physique, au fond...

FRANCIS

Ah, moi ça suffit déjà à m'occuper...

ANTOINE

Et alors, la dernière a raté...

FRANCIS, *sombre*

Oui...

ANTOINE

Et il te pousse une corne...

Il se marre.

FRANCIS

Ça n'a rien de rigolo... c'est à toi que ça aurait dû arriver...

ANTOINE

Comment, à moi ?

FRANCIS

Ben, oui, c'est toi qui l'es, c'est pas moi...

ANTOINE

Et Vilebrequin, alors ?

FRANCIS

Oh, nom de Dieu ! C'est vrai ! Le salaud !

ANTOINE

Ah, n'y pense plus, va... on s'y fait !

FRANCIS

Ah ! non !

ANTOINE

Mais si, je t'assure !

FRANCIS

Tu en parles à ton aise, toi ! On voit bien que tu as eu un accident de chasse !

ANTOINE

Bon, bon... ne me rappelle pas ça. En tout cas, moi, je me suis fait une raison... Ça a été dur, mais je n'y pense plus...

Il le regarde.

Au fond, je suis content de te revoir... c'est-à-dire, de te retrouver, parce que, en réalité, je ne suis pas encore bien sûr que ce soit toi.

FRANCIS

Je te garantis que c'est moi !...

ANTOINE

Ce vieil André !

Il lui tape sur l'épaule.

FRANCIS

Ce brave Antoine !

Il lui fout un grand coup sur la tête.

Oh ! Excuse-moi...

ANTOINE

Ce n'est rien... tu n'y vois pas, mon pauvre ami !

Pendant tout ce temps, Lucie, morne, tournicote dans la pièce, ouvre un livre, s'assied, se relève, etc.

Allez ! On va boire un coup pour arroser ça !

FRANCIS

Un coup de quoi ?

ANTOINE

Un coup de rouge ! Avec du roquefort...

Bourrade.

... espèce de Casanova !

FRANCIS, *ricane bêtement.*

Allons-y !

Antoine va prendre les verres, etc., et ils trinquent.

Et Lucie !

ANTOINE

Lucie ! Viens donc boire avec nous !

LUCIE

Merci, non.

ANTOINE

Allons ! Puisque tout est arrangé !

LUCIE

Tout est arrangé ?

ANTOINE

Mais oui, voyons...

Elle a un pauvre sourire et prend le verre qu'il lui tend.

ANTOINE

A la santé de la corne d'André !

FRANCIS

Affreux crétin !

Antoine rit, ils boivent. Entre, au fond, Claude, qui les regarde, écœuré.

SCÈNE IX

CLAUDE, LUCIE, ANTOINE, FRANCIS

CLAUDE, *très Comédie-Française*

A la bonne vôtre !

Lucie, de saisissement, laisse tomber son verre.

LUCIE

Claude !

Elle a un geste pour s'approcher de lui, mais sa froideur la démonte.

CLAUDE

Claude, ni plus ni moins... mais je trouble cette réunion de famille !

ANTOINE

Pas du tout, pas du tout... Simplement, nous ne vous attendions pas... mais tout est arrangé... Prenez donc un verre, vous êtes ici chez vous...

CLAUDE

Je sais... par contre, vous, vous êtes ici chez moi... et je vous prie de foutre le camp.

FRANCIS

Allons, Claude...

CLAUDE

Toi, ta gueule...

Sursaut de Francis, choqué.

Allez !... Filez, tous les trois...

LUCIE, *aux autres*

Antoine, laisse-nous... André... vous voulez sortir cinq minutes... vous serez gentil...

CLAUDE, *faiblit*

J'ai dit tous les trois !...

LUCIE

Ce qui signifie que vous me rendez responsable au même titre que ces deux-ci.

CLAUDE

Je vous en prie... laissez-moi...

Lucie pousse les deux autres dehors.

ANTOINE, *ravi*

Ah ! je vais recommencer à souffrir... mon manuscrit.

Il le prend au vol.

FRANCIS, *furieux*

Espèce de crétin !...

Il sort, bousculé, et se prend dans le porte-parapluies.

Sacredieu !...

SCÈNE X

LUCIE, CLAUDE

Un silence.

CLAUDE

Alors ? Qu'est-ce que vous voulez ? Vous justifier ?

LUCIE

Me justifier de quoi ? D'avoir couché avec vous ?

CLAUDE, *démonté*

Ce n'est pas ça que je veux dire.

LUCIE

Je vous écoute...

CLAUDE

Charles m'a mis au courant de tout.

LUCIE

Le chauffeur ?

CLAUDE

Oui... le chauffeur. Figurez-vous que je me sens parfaitement à l'aise avec les chauffeurs.

LUCIE

On le dirait.

CLAUDE

Il s'est fait un peu tirer l'oreille, mais il a fini par manger le morceau.

LUCIE

Fort bien.

CLAUDE

Alors ?

LUCIE

Alors quoi ?

CLAUDE

Pour quelle raison êtes-vous restée seule avec moi ?

LUCIE

Parce que je vous voyais d'humeur à chercher la bagarre.

CLAUDE, *ricane*

Et vous aviez peur d'un scandale...

LUCIE, *douce*

Non. J'avais peur que vous ne preniez un mauvais coup.

CLAUDE

J'oubliais. Ceinture noire, etc. Merci de l'attention. Mais je sais me défendre.

LUCIE

Ça ne m'aurait pas fait plaisir de vous voir vous battre.

CLAUDE

Tiens ? Je croyais que les femmes adoraient voir les hommes se battre.

LUCIE

Il y a longtemps qu'Antoine n'est plus un homme. Et ce sont certaines femmes seulement qui aiment ça.

CLAUDE

Nous tournons en rond. Pourquoi avez-vous fait sortir Antoine et Francis... heu... je veux dire Roger... zut...

LUCIE

Il s'appelle André. Pourquoi j'ai voulu qu'ils sortent ? Pour rester seule avec vous. Une dernière fois.

CLAUDE

Une dernière fois...

LUCIE

Oui... la dernière fois...

Silence.

Et pour me justifier... aussi.

CLAUDE, *ému*

Vous n'avez rien besoin de me dire.

LUCIE

Si... je voulais vous dire que j'aimais bien tout ça...

CLAUDE

Tout ça ?...

LUCIE

Nous deux... notre rendez-vous...

CLAUDE

Notre unique rendez-vous.

LUCIE

Le nombre ne fait rien à la chose...

CLAUDE

Merci, Lucie...

LUCIE

Seize ans déjà que je menais cette vie idiote... Grâce à vous, je me retrouve à zéro... les seize ans sont finis.

CLAUDE

Lucie... pourquoi on ne recommence pas ensemble...

LUCIE

Je suis trop vieille.

CLAUDE

Idiote !

LUCIE

Gentil Claude... pour moi, ce n'est pas un vrai commencement... c'est le commencement de la suite...

CLAUDE

Mais pas pour moi...

LUCIE

Quand on se met à aimer, on ne peut pas s'imaginer que l'autre a déjà eu une vie... mais vous avez votre vie... et il y a Antoine et André...

CLAUDE

Ce sont des fantoches.

LUCIE

Pauvre Antoine... ce n'est pas sa faute.

CLAUDE

Et André, ce n'est pas sa faute non plus, peut-être ?

LUCIE

André... il a fait ça autant pour Antoine qu'à cause de moi... Il adorait Antoine.

CLAUDE

Mais vous, Lucie, est-ce que vous méritiez ça ?

LUCIE

Est-ce que je sais, moi ?

CLAUDE

Lucie... Restez avec moi...

LUCIE

Comment ça ? C'est impossible.

CLAUDE

Restez avec moi maintenant... tout le temps...

LUCIE *baisse les yeux*

J'aimerais bien.

CLAUDE

Qu'est-ce qui vous empêche ?

LUCIE *hausse les épaules*

Des conventions idiotes...

CLAUDE

Idiotes, vous le dites vous-même... à cause de l'infirmité accidentelle de votre mari, vous voilà liée depuis des années à un homme que vous n'aimez pas, et vous trouvez ça correct ?

LUCIE

Je n'ai pas dit que c'est correct, ni que c'est normal... ce qui compte, ce n'est pas les conventions, c'est de les respecter...

CLAUDE

Oui... eh bien on fera comme si ça ne comptait pas.

LUCIE, *suppliante*

Claude...

CLAUDE

Lucie, c'est un service à rendre à Antoine...

LUCIE

Un service ?

CLAUDE

Il s'imaginait que vous changiez d'amant tous les six mois, il apprend que ce n'est qu'une illusion ; le malheureux, ça va lui couper l'inspiration !

LUCIE

C'est vrai...

CLAUDE

Songez que si nous partons ensemble, il va souffrir énormément...

LUCIE

Ça, c'est sûr.

CLAUDE

Il sera ravi !

LUCIE

Oui, mais André ?...

CLAUDE

Ah ! zut pour André ! Qu'il cultive sa corne !

LUCIE

Vous êtes méchant.

CLAUDE

C'est ça ! C'est moi qui suis méchant... J'étais là, je ne gênais personne... j'avais une vie simple, peut-être, mais tranquille... je faisais mon petit travail ; et puis pour rendre service à Francis... non, à Roger... Oh, zut ! à André, enfin, je lui prête une chambre... et tous les jours, il faut que je supporte de vous voir, vous, Lucie, une femme comme vous, venir le retrouver... Ah, non, c'est trop dur ! Et c'est moi qui suis méchant ! Mais alors, vous, vous êtes des monstres !

LUCIE

Une femme comme vous ! Mais ouvrez les yeux... regardez-moi ! Qu'est-ce que j'ai...

CLAUDE *la regarde, elle se laisse regarder, un peu coquette*

Vous avez une sale gueule, les pieds plats, le nez en pied de marmite et l'œil torve, et moi j'aime ça ! Là ! Vous êtes contente !

LUCIE *se serre contre lui*

Encore des compliments !

CLAUDE

Vous êtes mal foutue (*il l'embrasse*), bancale (*il l'embrasse*). Vous avez besoin de vous laver (*il l'embrasse*). Vous devriez vous habiller chez Prénatal (*il l'embrasse*) et... oh ! Lucie !... Pars avec moi...

LUCIE

Quand ?

CLAUDE

Maintenant.

LUCIE

Comment ?

CLAUDE

Dans ma voiture. Parfaitement. J'ai une voiture. Une cinq chevaux Citroën. Elle n'a que vingt-sept ans. Un bébé.

LUCIE

Où est-elle ?

CLAUDE

En bas dans la rue. Elle est jaune clair.

LUCIE

Mais je ne peux pas partir comme ça ! Sans prévenir Antoine !

CLAUDE

Il vous a prévenue le jour où André Dupont est remonté à sa place ?

LUCIE

Non.

CLAUDE

Vous serez quittes.

LUCIE

Mais alors, il faut que je lui envoie aussi quelqu'un pour me remplacer...

CLAUDE

Et André ? On lui laisse André. Il peut bien servir aux deux.

LUCIE

Mais Antoine va s'affoler...

CLAUDE

Descends et installe-toi dans la voiture. Je me charge du reste. Allez ! Allez !...

Il la pousse.

LUCIE *l'embrasse*

Oh ! J'adore ça !...

CLAUDE

Va !...

SCÈNE XI

CLAUDE, *seul, puis* BONNEAU

CLAUDE

Lequel... Lequel des deux vais-je prévenir ! Pile ou face ? Peut-être. Pile, c'est Antoine, face c'est Francis... non, Roger... oh, zut, André...

Il tire.

Face !... eh bien, tant pis, je préviens Antoine quand même...

Il va à la porte.

Allez... décide-toi...

Il ouvre la porte.

Monsieur Bonneau, voulez-vous venir une seconde ?

Francis se montre.

Non, pas toi, si ça ne te fait rien.

Antoine entre.

FRANCIS

Oh bon ! Bon, très bien !

Il redisparaît.

CLAUDE

Monsieur Bonneau, ce que j'ai à vous dire va vous troubler.

ANTOINE

Ah ! Parfait !

Il se frotte les mains.

CLAUDE

Monsieur Bonneau, je m'en vais avec Lucie.

ANTOINE

Bon. Vous avez droit à cinq mois et vingt-quatre jours.

CLAUDE, *interloqué*

Comment ?

ANTOINE

Mais oui. J'ai tout combiné pendant que j'attendais là-bas. Vous ne couchez avec Lucie que depuis six jours.

CLAUDE

Oui...

ANTOINE

Comme, selon nos conventions, Lucie doit changer d'amant tous les six mois, vous avez encore cinq mois et vingt-quatre jours. Je ne m'en dédis pas.

CLAUDE

Oh, je saisis. Monsieur Bonneau, je ne suis pas d'accord.

ANTOINE

Mais si, mais si... c'est une règle irréfragable. De la souffrance, soit ; mais pas de complexe d'infériorité.

CLAUDE

Je ne suis pas d'accord tout de même.

ANTOINE

On est toujours d'accord avec moi, rappelez-vous... ceinture noire... ouille !

Il se plie en deux sous le coup de poing de Claude.

CLAUDE

Ouf ! Ça soulage.

Antoine se tortille sur le divan.

ANTOINE

Oh ! quel sauvage !

CLAUDE

Monsieur Bonneau, je regrette, mais ça m'a fait le plus grand bien. Je m'en vais avec Lucie. Ça durera ce que ça durera. En tout cas, plus de six mois si ça ne dépend que de moi-même. Faites ce que vous voudrez, portez plainte, demandez le divorce, pendez-vous ; je vous conseille d'écrire un chef-d'œuvre, ça vous occupera.

ANTOINE

C'est bien mon intention... Ouille, mon estomac...

CLAUDE

Au revoir !

ANTOINE

Envoyez un mot de temps en temps, au moins... pour aviver ma douleur.

CLAUDE

Vous pouvez vous l'accrocher. Salut !

Il sort.

SCÈNE XII

ANTOINE, ANDRÉ

ANTOINE

André ! André !

FRANCIS

Oui !

ANTOINE

Ils sont partis !

FRANCIS

Lucie !

ANTOINE

Lucie et Vilebrequin !

FRANCIS

Oh ! les misérables !

Il se précipite et atterrit sur le porte-parapluies.

Sacredieu ! Mais fais quelque chose !

ANTOINE

Pourquoi ?

FRANCIS

Mais c'est dégoûtant !

ANTOINE

C'est ce que tu me fais depuis seize ans.

FRANCIS

C'est pas pareil ! Moi, c'est la première fois !

ANTOINE

Tu souffres ?

FRANCIS

Oh ! je suis furieux.

ANTOINE

Souffre donc, c'est tellement mieux !

FRANCIS

Lucie ! Me faire ça à moi !

ANTOINE

Ça, tu l'es !

FRANCIS

Oh !

ANTOINE

Les cornes ! Les cornes !

FRANCIS

Oh, je t'en prie ! C'est d'un goût ! Quoi ! ils sont ensemble, elle l'embrasse, elle l'étreint...

ANTOINE

Mon papier ! Ça va venir ! Continue !

FRANCIS

Dans un délire de passion ravageuse, elle s'accroche à son torse mâle !

ANTOINE

Merveilleux ! dis, y a deux m à ramasser ?

FRANCIS

Non !

ANTOINE

Eh bien, tu ne sais pas l'orthographe ! Continue !

FRANCIS

Les mains velues de Vilebrequin sur les frêles épaules de Lucie !...

ANTOINE

Vas-y ! Vas-y !

FRANCIS

Elle entrouvre ses lèvres de grenade !...

ANTOINE

Ah, c'est formidable ! André, grâce à toi, je tiens le chef-d'œuvre. Parle ! Parle !...

FRANCIS

Quelle horreur ! leurs membres enchevêtrés fument dans l'air moite !...

ANTOINE

Et tu sais, André, mon prix Goncourt, eh bien, je le partage avec toi !...

FRANCIS

Oh !...

Il se flanque dans le porte-parapluies.

Encore !

ANTOINE

Encore ! Encore !

Il écrit fiévreusement.

Quel chef-d'œuvre !...

Le rideau choit, écœuré.

SÉRIE BLÊME
(1952)

Tragédie en trois actes et en vers

PERSONNAGES

James MONROE, *petit frère de Marilyn.*
MACHIN, *son domestique, muet à siphon.*
FACTEUR, *fonctionnaire rural et débonnaire.*
PILOTE, *d'un avion de ligne.*
HÔTESSE, *de l'air.*
MARTHA, *voyageuse en paste dentifrice.*
JONAS, *voyageur idem.*
TITAN, *situation analogue.*
ROBUR, *occupation identique.*
COCCYX, *emploi comparable.*
1er GUIDE, *vaillant défricheur de poudreuse.*
2e GUIDE, *l'accompagne.*
1er POLDÈVE, *soldat de l'armée de l'O.N.U.*
2e POLDÈVE, *de même, également en manœuvres.*

ACCESSOIRES :

Bruit d'un avion, coutelas, corde, polochon, trousse du parfait criminel, et rythme solennel des alexandrins de choix, y compris divers autres éléments, dont les croix noires, et le suspense.

DÉCOR :

Chalet de montagne très isolé. Par la grande baie, cirque majestueux. Ciel un peu sombre. Il va neiger, sol dallé noir et blanc. Cheminée, accès à volonté, table, placard vaste. Poutres praticables en surplomb d'un vide, sur l'escalier intérieur, qui comporte un petit palier.

ACTE PREMIER

SCÈNE I

Apparaissent Machin et James Monroe, lourdement chargés de valoches.

JAMES MONROE

Machin, c'est le jourdé le moins toc de ma vie
Je satisfais enfin ma glandilleuse envie
De venir m'entifler dans ce coinstot perdu
Pour y fuir tout un tas de pauvres lavedus
Oui, rien qu'à reluquer les blancs lolos de l'Alpe
Je suis près de guincher une java du scalpe.

MACHIN, *muet*

Hm... [1]

JAMES

Mais tu es muet, mon adjuteur fidèle
Ah, ma boule à vrai dire est pleine de ficelle
J'ai tant marné depuis des berges révolues
Que je dois m'enfiler du sirop de tolu
Va, Machin, m'en quérir un bon guindal solide.

Machin ouvre une des valises. James se tapote le ventre.

Un bon tolu loirfé, rien de tel pour le bide.

1. En une syllabe, évidemment.

Il regarde autour de lui.

Oh, cambrousse où ne pousse à jamais que la neige
Où s'il veut décarrer sans son cachepif beige
Le cave peut canner plus raide qu'un bâton
Cirque majestueux que ma frite à tâtons
Décarpille, timide, ô tarte solitude,
Malgré tes 45 degrés de latitude
Que ta frigidité m'est chouette à matouser.

Machin lui donne le tolu, il boit.

Ouf ! Aussi sec je sens ma force décupler
Neige divine, esgourde un peu quand je débloque
A Paris je vivais la vie d'un pauvre vioque
Je pondais des romans comme on fait la putain
J'en gambergeais plus d'onze à chaque marquotin
Simenon pâlissait là-bas dans l'Amérique
Et Simenon, papa, n'est pas beurre de bique
Lourdé, borgnio, lourdé, jalmince assoiffé d'encre
Gallimard me bouffait la prose comme un chancre
Et pour chaque soleil qu'il affurait sans mal
Me cloquait cinq pour sang d'un geste seigneurial
Les nanas s'enquillaient chez moi ; car la ligote
C'est pas leur fort, mais moi, le coup dans l'échalote
C'est mon faible, et j'aimais assez la pastiquette
Avec une lloumi le soir sur ma carpette
Ajoute à ce toutim une frite agréable
Et ces fréquentations bien peu recommandables
Que l'on fade aux cocktails de ces fions d'éditeurs...
Oui, Machin, la bagouse a tant de supporteurs
Que si j'avais ouvert ma lourde à leurs manières
La bicyclette aurait entiflé mes arrières.

Il s'aperçoit que Machin reste les bras ballants.

Te voilà dans la vape et ton travail attend
Déballe donc, Machin, déballe en esgourdant

Machin commence à déballer.

Un jour plus tartouzard que tous les autres jours
Je me lève à la caille et les arpions tout gourds
Afin de liquider mon trentième chapitre.
Mon héros gorgeonnait du raisiné par litres
Je me dis — mais sans char, Monroe, tu deviens
[dingue !
Lorsque soudain, par la fenêtre du burlingue
Je gaffe le reluit comme une pomme noire
Machin, j'aurais voulu que tu bigles ma poire.
Je m'écrie Fatima, je tombe à deux genoux
Ce qui me fait très mal, je baisse mon burnous
Mais la vision mastarde éclate dans mon crâne
Et j'ai beau me filer des gnons sur l'olécrane
Et me pincer Pètrus à travers ma limace
Le miracle s'achève au milieu de la strasse
Et me voici.

MACHIN, *étonné*

Hm hm ?

JAMES

Me voici, je te dis.
Et j'ai quitté Panam, j'ai jeté l'interdit
Sur un passé minable et quelque peu bibope
J'ai balancé la largue et j'ai viré la lope
Oh, ce ne fut pas long ! : Figaro Littéraire
Planquée dans son mitar, l'annonce lapidaire :
« Dégouré par la ville, un écrivain chenu
Cherche à cent lieues de tout un cornère inconnu »
Les bafouilles pleuvaient — J'en ai bien morflé
[quatre !
En ce castel de choix, je vais pouvoir m'ébattre !
Machin, songes-y donc ! Un bus par marquotin
Quand il fera lauchem — Et l'hiver, un sur vingt
Pas un gadjo vivant sur cent dix kilomètres
Saveulavabraveux, le larbin et son maître
Mais je jacterai seul, car c'est ce qui me plaît
Et tu m'esgourderas, mon serviteur muet...
Sans pouvoir me bonir le moindre boniment
Brave Machin...

MACHIN

Patron, vous débutez perdant.

JAMES

Quoi, tu causes ?

MACHIN

Je veux.

JAMES

Mais qui te l'a permis ?
Mon rêve de java serait donc compromis ?

MACHIN

Ne craignez rien, patron car c'est un mal étrange
Dont je souffre parfois — j'avoue que ça me change —
Sachez qu'il est une île où du sein de la terre
Montent parfois des eaux dans un bruit de tonnerre
Pointant jusques aux cieux, de grands phallus liquides
Dardent à l'infini leurs écumes torrides
Et puis toc ! d'un seul coup, Toto rentre au bercail
Ces geysers, puisqu'il faut en venir au détail
Ont un fâcheux côté.

JAMES

J'entrave. Dans l'instant...

Geste de tourner le robinet.

MACHIN

Vous l'avez dit, mon maître, ils sont intermittents.
Ainsi moi, par moments, je deviens volubile
La parole, d'un coup me semble si facile
Que je réciterais sans en omettre un mot
Cinq tomes successifs de l'Almanach Vermot
Ou l'œuvre tout entier de monsieur Jules Verne.

JAMES

Tu ligotes, mon mec, d'étranges balivernes

MACHIN, *pressé*

Ne m'interrompez pas, patron, car je le sens
Mon geyser ne va pas durer plus d'un moment.

JAMES

Tu me chambres ?

MACHIN

Patron, ne soyez pas si rosse
Je souffre de ce mal depuis que je suis gosse
Et quand je puis enfin déchaîner mon sphincter

Geste choqué de James — Machin désigne sa bouche.

Non.... c'est ce muscle équidistant des masséters...
Quand je sens l'air soudain se charger de substance
Les mots jaillir de moi comme de la laitance
Quand je sens que je puis, au gré de mon désir
Evoquer Fernandel ou le manteau d'Aesir
Quand je puis appeler sans en oublier une
De Manon la rouquine à Coralie la brune
Les onze cents catins de mon Yoshiwara
Quand je sais que je vais nommer le rémora
Le coelacanthe, ou l'orchidée périphérique
Qui pond ses œufs l'hiver dans un arbre de briques
Le poulouc, ce sournois serpent siffleur de Sfax
Qu'il suffit de sucer pour avoir un anthrax
Le clinamen, Faustroll et la machine à peindre
Le patron boulanger qui violente son geindre
Le père Dupanloup sur l'amère Picon
La partie de tennis Drobny contre Ducon,
Et tous ces purs joyaux du théâtre français
De Bernstein à Roussin, de Létraz à Musset
Beckett et les travaux de Poinçon et Wattmann,
Ionesco, positif autant qu'un Wassermann,
Audiberti, superbe en son nuage obscur
Brecht au cœur en étoile, Adamov à l'œil pur,
Ah mon maître, je vol...

Il s'arrête net.

JAMES

Enfin ! le robinet !
Ça te pravend souvent ?

Signe dénégatif de Machin.

Débloquons-le tout net
Même s'il te revient le don de la jactance
Déconne, s'il te plaît, là-bas dans la cuistance
Pour ma part, j'en ai class.

Il le congédie.

Décarre à ton turbin.

A part.

J'aurai dans l'avenir pour laquais des bourrins
Eux boniront que nib.

MACHIN, *digne*

Ils feront Houin ! Houin !
[Houin !

Il sort.

JAMES, *écœuré*

Et c'était un jourdé qui démarrait si bien !

Il se remet à examiner son nouveau logis, va d'un endroit à l'autre, fredonnant et s'immobilise devant la baie.

Je suis dans le potage à voir cette blancheur

Il pense.

Et je ne sais pourquoi je gamberge à ma sœur
Devant ces beaux roberts doucement arrondis
Frangine Marilyn... Hollywood te perdit...

Il regarde la fenêtre.

Mais qui va là ? Crénom ! Le trèpe ici ralège ?
Alors c'est donc du quès quand on est dans la neige ?

Il va à la porte et l'ouvre.

J'en aurai le cœur net !

A la porte.

T'entifles-tu, manant ?

FACTEUR, *entre, s'essuie et tape ses pieds neigeux*

C'est le courrier, monsieur... Je passe une fois l'an
Qu'il y ait grève ou non !

JAMES

Qu'une fois ? Qu'une seule ?

Se frotte les mains.

Affranchis-moi, l'ami...

Le regarde.

Hum... Une bonne gueule...
Esgourde. On m'a fourgué la placarde fort lerche
Parce que fort seulabre. Alors, faut-il qu'on cherche
Du suif à son tôlier ?

FACTEUR

C'est la vérité pure
Vous vivrez comme un loup dans la belle nature
Pour moi, je suis perclus, je trouve ça trop loin...
J'aime bien siroter mon jus chaque matin
Accoudé sur le zinc du père Chaprougnoux[1]
Avec tous mes copains... voilà, je dois vous dire

1. Le nom de ce patron de bistrot aurait pu être choisi pour les besoins de la rime. Il n'en est rien puisque l'alexandrin est resté blanc, aussi bien dans la version démotique (en pure langue française de tout le monde) que dans la version hiératique en argot qui est la version définitive publiée ici. (*N.d.E.*)

Qu'en dehors de facteur je fais le cachemire
Et que...

JAMES

Ne moufte plus. Magne-toi le crachoir.
Des bafouilles ?

FACTEUR

Mais non, moi je voulais vous voir
Pour signaler qu'hélas il n'y en avait point
Je ne reviendrai pas avant l'hiver prochain
Je suis passé vous prévenir

JAMES

J'en avais quine,
Mais si c'est pas du pour, papa, ça me rambine
Une longe durant, je ne te marde plus ?

FACTEUR

C'est pas de vous revoir qui m'aurait tant déplu
Mais cent dix kilomètr' à pied [1] c'est une trotte...
Et puis ça fait des frais — faut racheter des bottes.

JAMES, *se fouille*

Puisque tu m'as filé la plus chouette nouvelle
Que ce talbin d'un sac récompense ton zèle...

FACTEUR

Merci monsieur.

JAMES

Gamberge bien : jamais jamais
Le trèpe ne déroule aux abords du chalet ?

FACTEUR

Parole de facteur, jamais jamais personne.

1. Licence poétique.

JAMES

Quelle harmonie baleste en mon citron résonne !

FACTEUR

Alors, bonjour, monsieur.

JAMES

Merci, grand bafouillon
Je voudrais te carrer entre mes brandillons.

FACTEUR

N'en faites rien, monsieur... je vous envoie ma tante.

JAMES

Malfrat ! Tu vas morfler !

FACTEUR

Ah ! Ah ! Ah ! Je plaisante !

Il s'en va.

JAMES

Ce gnière m'a collé sur l'âme un sparadrap
Qui la ressoude enfin.

Il réfléchit, respire, marche.

Poilpoil. Nul ne viendra
Troubler la gestation de l'œuvre pas trop blèche
Que je vais gamberger ici ! Dans cette crèche

On commence à entendre un lointain grondement comme un avion de bombardement.

Sous ma plume de jonc le vélin va se tordre
Comme un cador en rif qui sent l'envie de mordre
Attichant la blancheur salope du papier
D'une encre violette en purée balancée
Je me défarguerai des mots dont je suis grave

Défouraillés d'un coup de mon comac chou-rave

Il écoute.

Mais dans le clair du ciel quel est ce grondement
Ces bons à lap vont-ils faire un bombardement ?

Grondement se rapproche, colossal — suivi d'un bruit de chute formidable et d'une explosion un certain temps après.

Dessoudés ! Pauvres mecs !

Un temps, il relève la tête.

Mais quoi... Je m'apitoie
Sur des caves de nib gavés de confit d'oie...
Je suis trop bon ! Tombez, sur vos gros fias gluants
Flambez sur votre artiche au grand chambardement
Décarrez tous, bâtards, saprophytes, cocus
Cannez dans votre graisse avec vos sacs d'écus...
Brûlez, pauvres locdus, rien n'en sera changé !
Avalez-la, glissez... mais sans me déranger...

Il va s'asseoir dans un grand fauteuil et médite.

Au fond, je suis verjot. Pas plus que de la guerre
Des accidents de zinc l'on ne ralège guère.

SCÈNE II

On entend une voix au-dehors — c'est le pilote.

PILOTE

Pan ! Pan ! Pan ! Ouvrez-moi ! Pan ! Pan ! Pan !

JAMES

Qu'y a-t-il ?

PILOTE

La neige en ce haut lieu monte jusqu'au nombril

Et je suis en liquette.

JAMES

En aucun cas, mon drôle
Je ne délourdirai.

PILOTE

Mais j'ai dessus l'épaule
Le corps tout abîmé d'une hôtesse de l'air
Qui s'est évanouie dès qu'elle a touché terre...

JAMES, *à part, incrédule*

Ce mec veut se farcir un coin de ma figure
Ils sont tous morts brûlés ! (*Haut.*) J'ai filé mon
[carbure
Pour louer cette crèche et pour être seulabre
Et je me tape un peu de vos vannes macabres.

PILOTE

N'avez-vous donc en vous rien qui reste d'humain ?

JAMES

Va te faire bourrer, minable trouillotin.

PILOTE, *enfonce la porte d'un coup de pied*

Ma foi, s'il n'ouvre pas, je vais casser la porte
Levez-vous, saligaud ; prenez ce que je porte

James, dompté, obéit.

Posez-la doucement sur ce divan profond
Et soignez-la pendant que je vais à l'avion.

JAMES, *affolé*

Encor d'autres nanas ?

PILOTE, *désigne l'hôtesse*

C'est la seule victime
Elle est restée debout jusqu'à l'instant ultime

Mais elle avait déjà sifflé tant de cognac
Qu'elle s'est écroulée comme du poil en vrac.

JAMES

Et le reste ? Allez, jacte, et bonnis-le sans charre.

PILOTE

Tous les cinq sont sortis vivants de la bagarre.

JAMES

Tous les cinq !

PILOTE

Sept ou huit sont restés à Brotteaux
Mais les cinq qui sont là m'ont paru des plus beaux
Des commis voyageurs en pâte dentifrice
Attendus au congrès d'Oran !

JAMES

Par saint Sulpice !
Et tous vont radiner ici ?

PILOTE

Sans hésiter.

JAMES

Ton condé, mon poteau, c'est pour me débecter
D'abord, reloque-toi.

PILOTE

D'un pantalon, monsieur ?
Je vous avoue que je ne demande pas mieux !

JAMES

Non content d'envahir ma carrée solitaire
Tu voudrais m'arnaquer un futal de première ?

PILOTE

J'espère qu'il s'en trouve une vaste réserve

Car l'accident mortel dont le sort nous préserve
S'est porté néanmoins sur notre garde-robe
Et nous nous retrouvons, des pieds jusques au zobe
A poil.

Il ouvre une des valises, en tire un pantalon élégant et l'enfile.

JAMES

A poil, vous cinq ?

PILOTE

Nus comme des Adam
Sauf la chemise, eh oui.

JAMES, *ennuyé, à part*

Mais c'est très emmerdant.
Et tous... des chouraveurs en pâte dentifrice ?

PILOTE

Allons, monsieur, ce n'est qu'un petit sacrifice.
Certes votre repos se trouve compromis
Mais considérez-nous comme quelques amis
Venus passer chez vous des vacances plaisantes.

JAMES, *furieux*

C'est ça ! Chambrez-moi donc, maintenant, sale tante
Allez, ripez chercher vos minables jacteurs
Avant que leur zizi n'ait paumé ses couleurs

PILOTE

Non, non, rassurez-vous, les débris de l'avion
Flambent suffisamment pour chauffer cinq crou-
[pions.

Il sort.

SCÈNE III

JAMES

Mon beau rêve de planque est quimpé dans la [neige !...

L'hôtesse émet un gentil reniflement et d'une voix pâteuse :

HÔTESSE

A soif, le gros toutou !

JAMES, *se ressaisit*

Que le Vioc me protège
Mais je crois qu'il faudra pourtant que tu calanches

Il s'affaire au placard.

Prunellia Cusenier... matons cette boutanche

Il regarde la bouteille, la sent.

Impec ! Ça va masquer l'odeur de l'autre fiole
Greluche, il va falloir te taper de ma gnole

Il ricane.

J'eus une chouette idée dans ma calme retraite
De me lécher de cette panoplie complète
Pour l'arcan breveté, dont jacte Duhamel
Dans son Petit Traité du Parfait Criminel

Il tire de sa poche une petite trousse, l'ouvre, choisit une fiole et il verse le poison dans un verre pris au placard et hume avec satisfaction.

Quand tu boiras ce glass au parfum de verveine
Au bout d'une broquille, une vapeur sereine
Te prendra le tarin comme un bon coup de chnouf
Tu vas en écraser sans seulement faire ouf

Avant de t'en gourer, tu pourras, bécassine
Sucer en paix les edelweiss par la racine

Il hésite.

Je m'allonge... voilà... c'est mon premier essai
Pas de salade... il faut que ce soit un succès

Il met un genou en terre et relève son verre.

A mon premier macchabe !

Elle bouge.

HÔTESSE

Oh ! J'ai la langue sèche
Allez, Marcel, un coup de schnick ! Tu te dépêches ?

JAMES, *à mi-voix*

Ce mec dont elle roule en son pioncoir de bœuf
Ce serait pas cochon de le loquer en veuf...

Il se rapproche d'elle.

Eclusez, gros minet, c'est bon pour le venventre.

Elle le regarde.

HÔTESSE

Merci !

Affreux hoquet.

Cré nom de nom, que c'est doux quand ça [rentre !

JAMES

Pardonnez-moi, bébé, mais je débarque à peine
Et pas la moindre rouille à part cette verveine.

HÔTESSE

C'était un peu misto, monsieur, je vous assure.

JAMES

Seulabre ici je vis perdu dans la nature
Et le dernier carat du confort, sans chiqué
C'est pas dans un boxon qu'on peut vous le cloquer.

HÔTESSE, *se soulève*

Je ne sais vraiment plus du tout ce qui m'a prise.

Elle se frotte la figure.

J'ai bu tant de cognac... Je dois être un peu grise.

Elle chancelle.

JAMES

Hé là ! Vous titubez !

HÔTESSE

C'est un mal passager
Avec vous, je le sens, je suis hors de danger.

JAMES

Sans char !

HÔTESSE

Dans un instant je vais me sentir mieux
Redonnez-moi de ce nectar délicieux...

JAMES

Pajotez-vous, ma mie... cette petite dose
S'en va vous repasser comme la gyraldose
Bécif et sans piper.

HÔTESSE, *faible*

Ah ! Marcel ! Je me meurs.

JAMES, *gentil*

Ne vous croûtonnez pas ! C'est aussi sans douleur.

HÔTESSE, *éteinte*

C'est vrai...

JAMES

Notre mouillette, à nous les écrivains
C'est de pas nous gratter une heure en propos vains
Quand tout ça se rambine en moins d'une broquille
Oui, je t'ai maravée, comme on bute une bille
Parce que t'es venue draguer dans mes radis
Et flanquer la pestouille à mon beau paradis
Tes compagnons vont raléger, blèches et sales
Le cul à l'air, la joie au cœur, souiller mes dalles
Pomper ma cave et s'attriquer mes pantalons
Je vais les effacer comme au tir de salon
Et quand j'aurai remis la peau sur la bouillie
Mézigue enfin profitera de l'embellie
Pour me carrer le fias derrière mon burlingue
Et bosser au charbon pour remplir mon lazingue.

HÔTESSE

Mar...

Elle meurt.

JAMES

Je n'aurai pas maté ce gars qu'elle évoque
Putain ce qu'elle est longue à canner, cette vioque

Il lui prend le pouls.

Ouf. C'est fait. Pionce en paix, gisquette, dès demain
On te fera ton trou sur le bord du chemin
Il fait frigo dehors et ta cloche carcasse
Y restera planquée comme langouste en glace.

Il lui joint gracieusement les paumes sur le bréchet et passe la main sur les œils entrouverts, puis se les frotte avec plaisir.

La bobine est vraiment presque trop naturelle

On s'attend à la voir chpiler à la marelle.

Il retourne s'asseoir à sa table.

Mais gambergeons un peu pour ces six sacripants
Je m'en vais leur friper quelques philtres frappants

Il se plonge dans son petit manuel et se met à lire à voix haute.

Mêlé d'un kil d'Arbois, le produit trente-deux
Affure à la broquille un goût délicieux
Et dessoude le clille un peu après dix plombes

Il regarde sa montre.

Encor six devant moi...

Regarde autour de lui.

Et demain, mes colombes,
Vous décambuterez de mon petit clandé

Appelle.

Machin !

Paraît Machin presque aussitôt.

MACHIN

Hm ? Hm ?

JAMES

J'ai l'impression d'avoir mardé
Quelques rouilles d'Arbois dans la cave à mézigue.

MACHIN, *acquiesce*

Hm ! Hm !

JAMES

C'est du picton qui vaut bien vingt-cinq [cigues

Mais tant pis... Casse-toi chercher quelques bou-
[tanches
Active ton valseur, et fissa, pauvre tranche !

Il tire de sa poche la même petite trousse que précédemment et cherche.

Ils l'auront pas griffé... c'est déjà quelque chose...

Machin revient avec la bouteille. James l'examine, en verse dans un verre et regarde par transparence.

Matons ce couillotin.

MACHIN, *approbateur*

Hm ! Hm !

JAMES

Arbois de rose !...
Merde !... Mais c'est un mot ! Sans char, je me sens
[bien
En java, détendu... Machin, siffle ce vin...

MACHIN *boit et fait un geste du pouce bien connu*

JAMES

Impec. Retourne donc à ton chpil culinaire
Fais à jaffer pour huit... sortant de l'ordinaire...

MACHIN, *acquiesce*

Hm... Hm...

JAMES

Tapons-nous donc un tout petit guindal.

Il verse la fiole dans le vin et sent.

C'est pas cochon !

VOIX DU PILOTE

Pan ! Pan !

James range en vitesse la trousse dans sa poche.

AUTRES VOIX

Pan ! Pan ! Pan !

JAMES

Juste au poil.

Il va ouvrir.

SCÈNE IV

Entrent quatre représentants mâles et une femelle, plus le pilote. Ce dernier est vêtu comme à la scène précédente. Tous les autres sont en chemise, Martha en très légère combinaison.

PILOTE

Pareils à des bombyx en pleine pupaison
Je vous l'ai dit...

MARTHA

Pardonnez ma combinaison
Mais ma robe a brûlé sur moi telle une flamme
Et je suis dénudée comme un vieil arbre à came
A la morte saison...

JAMES, *se force à être galant*

C'est un jeton de mat
Qu'est pas trop tartouzard, madame... et plutôt bath.

PILOTE

Moi vous me recevez comme un pou dans un verre
Mais pour une souris vous êtes moins sévère.

JAMES

Faire du rébecca devant une roupane

Faut être un vrai chiftir... et si ça m'emboucane
J'en bonirai que lap.

ROBUR

Ah ! quel accueil aimable !

JONAS, *grognon*

Encor, s'il nous disait : messieurs, passez à table...
Vous vous contentez de bien peu, pauvre Robur.

JAMES, *crie*

Machin, nous allons tous morganer des œufs durs.

Aux autres.

Je me gratte, messieurs, mais je renquille à peine
Et ne puis vous friper le gueuleton de reine
Que je voudrais...

Tous protestent par gestes.

MARTHA

Mon cher, vous êtes si gentil
Que si vos draps sont blancs de la blancheur Persil
Je sens que pour un peu je vais vous y rejoindre...

Elle rit.

TITAN, *qui examinait la pièce, est tombé en arrêt devant l'hôtesse, s'écrie soudain :*

Mais cette bonne hôtesse est en train de s'éteindre !

Tous s'empressent autour d'elle.

COCCYX

Et nous qui ne pensons qu'à boire et à manger.

Titan se relève, détaché.

TITAN

Inutile en tout cas de vouloir déranger

Un docteur...

JAMES

Clamecée ? Voyons c'est pas possible...

COCCYX

Voulez-vous que je lise un verset de la Bible ?
Je crois que ça se fait ?...

PILOTE

Paméla, mon copain !...

Il tombe près du divan hébété, à genoux, et prend la main de l'hôtesse.

JONAS

Quant à moi, ça m'a fait passer le goût du pain.
Je n'ai plus faim du tout.

JAMES

Vous licheriez, peut-être
Un peu de kil d'Arbois ?

MARTHA, *à part*

Je ne puis me remettre...

JONAS

Merci, monsieur, mais je ne bois jamais de vin.

JAMES, *vexé*

Vous êtes un conard, en voici de divin...

ROBUR

Mon Dieu, je goûterais volontiers ce légume
Car les fesses au vent, je sens que je m'enrhume...

Il éternue.

JAMES, *à part*

Un clille... il était temps.

TITAN, *à James*

Monsieur, pour le falzar
Pourriez-vous m'indiquer le plus proche bazar ?
Ma bestiole se gèle...

JAMES

Il n'y a nib qui vaille
A moins de trente lieues.

COCCYX, *innocent*

Voulez-vous que j'y aille ?

JAMES

Je vais vous dégauchir des tas de beaux bénouses
Mais gorgeonnons d'abord au blaze à la Pérouse.

TITAN, *inquiet, à Coccyx*

Pourquoi de la Pérouse ?

COCCYX *se touche le front*

Hé, mais je ne sais pas.

JONAS

La mort de cette fille a gâté le repas
Que je comptais trouver dans ce chalet sauvage.

ROBUR, *regarde le vin*

Je vais me consoler avec ce doux breuvage.

JAMES, *s'est approché du Pilote*

J'entrave, mon poteau, que sa mort vous dégoure
Mais quand on est canné, c'est fini pour la bourre
Venez, ce pinochard vous rendra du ressort[1].

PILOTE, *se relève, essuie ses yeux d'un revers, et digne*

Monsieur, sachez-le bien, les pilotes de France
Ne boivent que de l'eau qui gazouille et qui danse

1. Pour des raisons ésotériques cet alexandrin est blanc. (*N.d.E.*)

Réclame non payée.

JAMES, *à part*

Vraiment, c'est du cri sec
J'allais en moins de jouge envaper tous ces mecs
Et ces vrais lavedus se la donnent.

TITAN

Mon hôte
Allez-vous donc enfin nous metztre des culôttes ?

JAMES

Qui veut fader ce kil ? (*A Robur.*) Monsieur ?
[(*A Titan.*) Monsieur ?
[(*A Coccyx.*) Monsieur ?

TITAN

Je crains de me gâter l'haleine, et c'est sérieux
Dans ma partie...

COCCYX

Mon cher, nos parties sont la vôtre
Si vous ne buvez pas, je bois...

MARTHA

Le bon apôtre.
Votre pâte à la chlorophylle vous permet
Des écarts de régime à tuer Mahomet...

COCCYX, *agressif*

Vendez-en donc aussi, de cette chlorophylle
Vendez-en donc, si vous croyez que c'est facile...

ROBUR, *intervient*

Nous avions convenu, messieurs, chère consœur
De laisser les questions de boutique aux censeurs.

JAMES

J'ai les grolles de voir virer au rififi

Une proposition que vraiment je ne fis
Que pour vous bégaler.

Plein d'autorité.

D'autor, je dis : Qui boit ?

MARTHA

Pas moi.

JONAS

Pas moi.

ROBUR

Je bois.

PILOTE

Pas moi.

COCCYX

Je bois.

TITAN

Pas moi.

MARTHA

Boire en chemise, avec ce cadavre si jeune...

JONAS

Vous venez d'énoncer la raison de mon jeûne...

JAMES

Pas de char... vous disiez que vous n'éclusiez point...

JONAS

Jamais devant un mort.

JAMES

Ça s'en tape un peu bien !

JONAS

Vous êtes agressif !

JAMES

Votre futalonnade
Me fait trop renauder pour y prendre mon fade
Encor, si vous pompiez...

JONAS, *furieux*

Voulez-vous un rambour ?
Je ne bois que de l'eau.

JAMES, *sarcastique*

Papa, ça c'est du pour.

MARTHA

Si vous êtes méchant, je vais mettre une jupe.

JONAS, *à James*

Vous nous traitez comme de simples géotrupes.

JAMES

Ce serait vous faire une fleur.

ROBUR

Je voudrais boire[1] !

JAMES, *se passe la main sur le front*

Rengracissons... Je me conduis comme un ped-
[zouille
C'est aussi de vous voir dégourés de mes rouilles.

MARTHA, *à James*

Monsieur, détendez-vous... Je sais votre chagrin
De vous voir envahi par sept ou huit sagouins

1. Dans la version en langue française, « notoire » rimait à « boire », James avouant une muflerie notoire au lieu de se dire un pedzouille, lequel pedzouille a déclenché, en argot, la rime « rouille ». (*N.d.E.*)

Qui risquent d'entraver vos projets les plus sages
Mais puisque c'est ainsi... faites-nous bon visage.

JAMES, *lui baise la main*

Si je renaude un brin, c'est de voir ce hotu
Faire du gouale. Alors que c'est un bon tutu.
Enfin... n'en jactons plus...

Apparaît Machin portant un plat d'œufs durs.

MACHIN

Hm ! Hm !

JAMES

A la carante
Mais avant de claper ces noix pas dégoûtantes
Vos blazes, messeigneurs !

Tous sont debout autour de la table chacun se présente en s'inclinant.

COCCYX

Coccyx !

TITAN

Titan !

ROBUR

Robur !

JONAS

Jonas !

MARTHA

Martha !

PILOTE

Durand !

JAMES

Machin, les cocos durs !

Il remplit de sa bouteille les verres tendus de Robur et Coccyx.

Un pot de lancequine à ces quatre marioles
Qu'ont peur que mon Arbois leur coûte un peu grisole

Machin, d'un gros pichet, emplit le verre des autres, sauf de ceux qui refusent.

Je pinte au souvenir des gniasses qui bientôt
Vont la glisser sans mal au mitan du borgnio.

Tous se regardent étonnés, boivent quand même et s'asseyent sauf James. Machin regarde par la fenêtre et s'aperçoit que la neige commence à tomber.

MACHIN

Hm ! Hm !

Il désigne la neige.

JAMES

La blanche enfin vient nous cloquer visite.

MARTHA

Et cela signifie ?

JAMES

Belle nana, j'hésite
A le bonir ici...

ROBUR, *finit de boire et clape*

Fameux, ce petit vin

JAMES, *solennel*

Nous voilà tous au ch'tar pour quatre marquotins.

Tous s'assoient et choquent leurs verres.

RIDEAU

DEUXIÈME ACTE

SCÈNE I

Même décor qu'à l'acte précédent — une seule modification — il fait beau et dehors trois croix noires de planches grossières apparaissent derrière la baie, plantées dans la neige.

Au lever du rideau, le pilote et Jonas, moroses, assis dans des fauteuils, le menton dans la main, regardent les cercueils.

JONAS

Crever de congestion comme des péquenots
Sans avoir eu le temps d'ôter ses croquenots !...

PILOTE

Pourtant, j'avais posé l'avion sur la montagne
Avec une douceur...

JONAS

Notre pauvre compagne
Et nos deux vieux amis, les voilà tout mourus

PILOTE

Quand je pense aux dangers que nous avons courus
L'écrasement, le feu, le froid, la faim, la trouille
Ah, le petit Jésus, vraiment, c'est de la drouille

JONAS, *choqué et découragé*

Ne blasphémez donc pas, Durand, c'est sans effet

PILOTE

On croit que l'on en tient pas mal dans le buffet
On croit qu'on est costaud, quand le sort vous protège
Et l'on s'en vient périr dans trois mètres de neige.

Il étouffe un sanglot.

Paméla...

JONAS

Mon ami, vous me fendez le cœur.

PILOTE, *désigne les croix*

Pardonnez-moi... Mais c'était ça tout mon bonheur...

Un temps, Jonas frissonne.

JONAS

Il rôde ici je ne sais quoi d'assez sinistre
Depuis hier au soir, je vois la vie en bistre

PILOTE

Je n'aime pas beaucoup la gueule de ce gars

JONAS

Il nous a bien reçus...

PILOTE

J'aurais fait du dégât
S'il avait refusé — ce qu'il faillit bien faire !

JONAS

Certes, nous le gênons dans ses jeux littéraires

PILOTE

Il pue la prétention du plus loin qu'on le voit.

JONAS

Son argot, ce Machin, ce méchant vin d'Arbois

Il soupire tristement.

Aujourd'hui, j'aimerais taper dans la bouteille

Il va au buffet.

Peut-être en reste-t-il un vieux fond de la veille...

Il prend la bouteille, la regarde, hoche la tête.

Non... Robur et Coccyx n'en avaient pas laissé
Dommage...

PILOTE

Un des détails qu'il n'a pas encaissés
C'était le coup du pantalon

Il rit.

JONAS

J'avoue, c'est drôle.
Moi-même je n'aurais pu garder mon contrôle...

PILOTE, *se rembrunit*

N'importe, il me déplaît.

JONAS

Que dire de Machin ?
Ce serviteur muet qui ressemble à Tronchin...

PILOTE

Qui est Tronchin ?

JONAS, *distrait*

Je ne sais pas.

PILOTE

Ces trois cadavres
Me rappellent mon père et sa maison du Havre

JONAS

Pourquoi ?

PILOTE, *distrait*

Je ne sais pas.

Il frissonne.

Je sens passer la mort
Dans le creux de mes os.

JONAS, *baisse la voix*

Ne parlez pas si fort
Vous allez nous flanquer le guignon.

PILOTE, *se lève*

Peu m'importe
Combien pariez-vous que si j'ouvre la porte
Je vais la voir surgir avec son linceul blanc ?

JONAS

Ne faites pas l'idiot, je vous en prie, Durand

PILOTE, *ricane*

Je ne fais pas l'idiot, mais je sens que mon crâne
Est en train de briser ses dernières membranes...

Il s'assied.

JONAS

Changeons donc de sujet... nous avons tort je crois
De ne penser qu'à ceux qui sont morts tous les trois

PILOTE

Vous préférez parler de pâte dentifrice ?
Fameux sujet pour conjurer les maléfices

JONAS

Votre ignorance un jour vous fera plus de mal
Qu'un binaire jamais n'en fit au décimal.

PILOTE, *hausse les épaules*

Allez-y, je veux bien, déballez-moi vos tubes
Mais je vais m'installer dans ce grand fauteuil clube

JONAS, *vexé*

Pour mieux vous endormir ? Merci.

PILOTE

De rien, mon [cher.

JONAS

Vous décourageriez le vendeur le plus fier.
Ne vous lavez-vous donc jamais les dents ?

PILOTE

Jamais.

JONAS

C'est aussi ce que votre haleine, hélas, promet.

PILOTE, *se lève*

Vous me cherchez ?

JONAS, *se lève*

Comment ?

PILOTE, *menaçant*

Qui me cherche me [trouve.

JONAS

Cassez-moi la figure, et qu'est-ce que ça prouve ?

PILOTE

Cela prouve qu'à moi vous me cassez les pieds

JONAS

Un salaud qui faillit hier nous estropier !

PILOTE

Répète !

JONAS

Laissez-moi

PILOTE, *lui donne un coup*

Répète !

JONAS

Oh ! Quel sauvage !

PILOTE

Ça porte sa bêtise au milieu du visage
Et ça râle ?

JONAS

Durand ! Pour la dernière fois
Laissez-moi !

Le pilote se met à lui donner des coups lorsque la porte s'ouvre très brusquement et James paraît.

PILOTE

Tiens, fumier !

JAMES

Mais qu'est-ce que je vois,
Mes mecs !

JONAS

Ce salopard m'est tombé sur le râble

PILOTE

J'en ai assez dę ce conard insupportable...

JAMES

Chablez-vous s'il vous plaît, mais surtout, pas de flan
A la saccagne ? Au boukala ? Pas de battant ?

J'ai des razifs rouillés... Je vais les dégauchir ?

JONAS

Nous ne nous battions pas vraiment.

JAMES

Faut le bonir !

Vous grattez pas si vous voulez défourailler...

PILOTE

Moi, je refuse.

JAMES

Alors, pourquoi que vous braillez ?

JONAS

Ne pourriez-vous trouver des jeux moins
[sanguinaires ?
Nous discutions surtout afin de nous distraire.

JAMES

On pourrait tous flamber à pique-le-cochon
Mais il faut être six avec un polochon.

PILOTE

Machin nous aidera.

JAMES

Cinq suffiront, je pense.

JONAS

Bravo ! Jouons-y donc ! Je m'éjouis d'avance.

JAMES

Il faut affranchir vos poteaux.

JONAS, *crie*

Martha ! Titan !

Comment joue-t-on ?

JAMES

Sans char, c'est très très
[excitant !
On prend un oreiller que l'on croche au plafond
On bande ses hublots, puis on se planque en rond

Il mime.

Un lingue à la paluche, à son tour on s'efforce
De larder le salingue avec toute sa force
Après avoir valsé sur soi-même un bon coup
Celui qui l'a buté le premier rafle tout.

PILOTE

Mais ne risque-t-on pas en lardant au hasard
De blesser son voisin ?

JAMES, *sournois et provocateur*

Que vous êtes trouillard !

Apparaissent Martha et Titan

JONAS

Ah ! Voici la plus belle.

PILOTE

Et voici le plus gros.

JAMES

Durand, vous attigez...

TITAN

Je suis frais et dispos
Et ces méchancetés ne peuvent pas m'atteindre.

JAMES, *à Martha*

Ces fleurs dans vos crayons... vrai, vous louquez à
[peindre.

MARTHA

Oh... mais c'est trop gentil, vraiment...

JONAS, *à Titan*

Mon bon ami
Que faites-vous là-haut ?

TITAN

Que faites-vous ici ?

JONAS

Hélas, je méditais sur les pauvres dépouilles
De nos amis, fauchés tels de jeunes citrouilles
En pleine floraison...

PILOTE

Vous mentez, vieux ballot
Vous me cherchiez des poux dans le crâne

JAMES

Poteau
Cessez de nous casser les arpions

Il désigne les morts.

Ça me quille
Comme louvoc, mais nous allons paumer la bille
Si qu'on se laisse tous arnaquer par les morts
Gy, soyez pas lopes... un tout mignard effort...

Pendant ce temps, les trois autres bavardent.

PILOTE

Mais je ne comprends pas comment ces imbéciles
Oublient si vite leurs amis. C'est difficile
D'admettre un tel mépris... pour moi, je rends mes [cartes.

JAMES

Psychologiquement, c'est vraiment de la tarte

Vous voilà défargués par un mastard miracle
Du bûcher qu'aurait dû vous roustir la barbacle
Vous avez eu du vase, et pourtant, en solo
Chacun se bigle mort.

PILOTE

Je vois.

JAMES

Dans vos calots
Je marde les chaleurs de revoir la Camarde
Remettre le couvert, la tronche goguenarde
Pour rengourdir les vies dont vous l'avez cavée
Z'êtes tous des macchabs qu'il faut remaraver.

PILOTE, *sombre, désigne les cercueils*

Pas ces trois-là, toujours.

JAMES, *le calme*

Prenez donc pas les flubes
Cette lamfé, peut-être elle était déjà tube.
Vous devenez folingue...

PILOTE, *à part*

Hélas... c'est déjà fait.

MARTHA, *revient*

James vient d'expliquer le jeu ; moi, ça me plaît.

TITAN

Ça ne me déplaît pas.

JONAS

Je grille d'impatience.

MARTHA

Allez, monsieur Monroe, quand est-ce qu'on [commence ?

JAMES

Chpilons sans lanterner.

MARTHA

Chpilons, c'est merveilleux !

TITAN

Ah, que je suis content.

JONAS

Moi, j'adore les jeux.

JAMES, *crie*

Machin, dégauchis-nous des saccagnes solides.

TITAN

Parole de Titan, je vais fendre le bide
A ce vieux polochon.

JAMES, *prend un coussin*

Cézigue a tout pour plaire.

Machin revient avec d'énormes coutelas.

JONAS

A moi ce coutelas...

TITAN, *saisit un autre*

Celui-là fait la paire !

JAMES

Machin, biglouse un peu si qu'y a des foulards.

PILOTE

Ma parole d'honneur, ça c'est du tranche-lard !

MARTHA

Monsieur Monroe, pourrais-je prendre celui-ci ?

JAMES, *s'incline*

Vous pouvez chouraver tout le toutin d'ici.

JONAS

Assez de flirt ! Jouons !

JAMES

Une broquille encore
Il faut les cachepifs.

JONAS, *saute de joies*

Vraiment, ce que j'adore
M'amuser (*A James.*) Croyez-vous que ce soit un [péché ?

JAMES, *le regarde profondément*

Non, papa, ton battant ne saurait rien cacher
De tocard...

JONAS, *ravi*

Vrai, Monroe, hier, je vous assure
J'ai trouvé votre accueil un peu froid... mais je jure
Que depuis ce matin, je change d'opinion...

MARTHA, *coquette*

Vous n'êtes pas le seul à le trouver mignon...

Machin arrive avec des foulards multicolores qui font qu'on reconnaîtra les acteurs dans la pénombre à leur couleur bien que ceci ne présente aucun intérêt vu qu'ils y passeront tous. Donner le foulard rouge à Jonas qui va saigner le premier.

MACHIN

Hm ! Hm !

JAMES

Merci, Machin... tu peux décambuter

Ah... non, reste un chouïa. Devant que de calter,
L'escabeau sous ce clou...

Il montre un point au plafond ; Machin sort, revient avec l'escabeau. James montera et passera la ficelle qui retiendra le poloche.

MARTHA

Dieu que tout ça m'amuse.

PILOTE, *à part*

Peste de la chipie... quelle tête de buse...

JAMES

Filez-moi le coussin quand je serai monté

TITAN, *à Jonas*

Il cherche à nous distraire avec une bonté !

JONAS

Le cœur m'en monte aux yeux !

JAMES

Le polochon, Martha

Aux autres.

J'ai dragué dans le temps près de Djokjokarta
Et c'est le gouverneur de Java, Van Bieruthe
Qui nous roula du chpil.

PILOTE

Pour moi, ça me déroute
Qu'on puisse ainsi perdre son temps.

JAMES, *termine le nœud*

Gigo, c'est prêt.

A Martha lui tendant un bandeau.

Vos châsses de velours...

JONAS, *à Titan*

Otons ce tabouret
Sinon pour sûr quelqu'un s'y va casser la gueule.

James bande les yeux à Martha.

MARTHA

Dès qu'on est dans le noir, c'est fou ce qu'on est seule.

TITAN, *à Jonas*

Bandez-moi donc, mon cher.

JONAS, *à Titan*

Mon cher, avec plaisir.

Il le bande.

JAMES, *au pilote*

Permettez...

PILOTE, *de mauvaise grâce*

S'il vous plaît...

James regarde son couteau.

JAMES

Vous, vous savez choisir...
C'est bien le plus choucard...

PILOTE, *gêné*

Simple hasard, je gage.

James le bande.

JONAS, *gai*

Si l'on rate son coup, doit-on payer un gage ?

JAMES, *lâche le pilote*

On ne loupe jamais...

A Titan.

Permettez-moi, mon pote

TITAN, *qui luttait avec son foulard se laisse faire*

Merci !

MARTHA

Je vois un peu...

JAMES

Bon... J'éteins la loupiote !...

Il se noue le foulard sur le nez, les yeux bien dégagés, et va éteindre. Demi-jour. Ciel très noir.

Chacun tient bien son lingue...

MARTHA

Oh... J'ai peur...

JONAS

Moi,
[j'avoue
Que je ne suis pas rassuré...

JAMES

Formons la roue
Autour du polochon... icigo... stop...

JONAS, *voix étranglée*

Titan...
Vous êtes là ?

TITAN

Bien sûr...

JAMES

Attention... Maintenant,
Je mets mon cachepif puis on gire sur place.

JONAS

Je ne sais pas pourquoi, mais soudain, ça me glace...

JAMES

VALSEZ ! Stop !

On tourne. Le pilote est face à Jonas couteau levé, Jonas un peu décalé.

JAMES

AVANCEZ !

On avance d'un pas.

CHABLEZ !

Les couteaux s'abaissent, celui du pilote crève l'œil de Jonas. Hurlement horrible.

JONAS

Aaah !
[Je suis mort[1] !

La lumière se rallume, il s'abat à genoux, le visage ruisselant de sang. Tous retirent leurs bandeaux et regardent hagards la scène horrible. Le pilote contemple son couteau dégoulinant de sang.

PILOTE

C'est moi qui ai fait ça ! Mon Dieu ! Je suis foutu !

1. Cet alexandrin est resté blanc de terreur. (*N.d.T.*)

TITAN

Un de plus.

JAMES, *rectifie*

Un demi !

PILOTE, *horrifié*

Je suis Nosferatu !

TITAN, *lui entoure l'épaule*

Ce n'est qu'un accident, mon vieux, pas autre chose.

JONAS, *gémit*

Cet œil avec lequel je voyais tout en rose !

MARTHA, *se met à pleurer*

Oh ! C'est si émouvant, ce qu'il dit...

TITAN, *ému*

Cher Jonas
De qui chacun disait le voyant : c'est un as

PILOTE

Je suis un as aussi (*Il ricane*) de l'espèce fort rare
Des assassins.

JAMES, *glacial*

Ce chpil de mots me fend la poire

PILOTE, *même jeu*

Si vous en trouvez un meilleur, faites-le donc

JAMES

Moi, je n'en drague pas... ce n'est plus la saison.
Mézigue, je gamberge à requinquer ce type

JONAS

Monroe, c'est vous le seul qui n'ayez pas un stipe

A la place du cœur...

Il se lève, chancelant, c'est un spectacle pas regardable.

Où donc est la fripouille
Qui m'a crevé cet œil ?

JAMES

Ne jouez pas les andouilles
Jonas...

JONAS

Bon Dieu, Monroe, vous figuriez-vous donc
Que j'allais de surcroît lui demander pardon
Pour avoir mis mon œil en plein devant sa lame ?

Avec rage.

Je vais les lui couper...

JAMES, *choqué*

Pas devant une dame...

JONAS, *fou de rage*

Devant n'importe qui...

TITAN, *s'écarte prudemment*

Retenez-le !

JAMES

Machin !
Mon boukala !

JONAS

Monroe, ce n'est pas du crachin
Qui va tomber !

JAMES

Jonas, esgourdez, je vous prie....

JONAS, *dents serrées*

Je m'en vais te larder comme une poule au riz
Enfant de salopard... amène un peu ta fraise...

PILOTE

Si vous vous approchez, je cogne à coups de chaise

JONAS

T'as envie d'un cadavre, espèce de fumier

PILOTE

N'avancez pas !

JONAS

T'auras besoin d'un infirmier
Quand ça sera fini...

Il s'élance sur le pilote, s'arrête en plein élan et, portant la main à son cœur, s'effondre comme une masse.

MARTHA, *d'une voix blanche*

Jonas...

JAMES, *s'agenouille et le palpe*

Plus nib à craindre
Le battant s'est trissé

Le pilote repose sa chaise haletant.

PILOTE

Inutile de feindre...
Je me sens soulagé...

MARTHA, *à Titan*

Moi... je sens que je flanche
Ramenez-moi là-haut.

Titan l'emmène, ils sortent.

JAMES, *hoche la tête*

Ce transport à la tranche
Vous défargue pour pas grisole.

PILOTE

Ah... c'est horrible...
C'est donc lui que la mort avait choisi pour cible...

JAMES

Cézigue. Maintenant, si qu'on séchait un coup ?

Il se relève, va au placard.

J'engourdis deux godets ?

PILOTE

Je vous envie beaucoup
Ce sang-froid qui vous donne un calme aussi superbe.

JAMES

C'est un pied sur mon grand dabuche ; il était serbe.

PILOTE

Tout s'explique.

Il remonte vers le buffet.

De fait, je boirai bien aussi.

Il ouvre un placard.

JAMES

Lagà, c'est la boutanche à gaz. C'est par ici.

Il lui ouvre le placard à liqueurs.

PILOTE

De ce que vous avez de plus raide.

JAMES

Un grand glass ?

PILOTE

Versez, versez.

JAMES

C'est sûr que quand on en a class,
Ça rambine un mecton.

Il lui tend le glass.

Posons nos prozinards

PILOTE, *désignant Jonas*

Devant lui ?

JAMES

Pourquoi pas ?

PILOTE

J'en sais rien.

JAMES

Dès ce soir
Il rejoindra ces fias sous la blanche berlue
Qu'il l'ait glissé, c'est nib... c'était un lavedu
Ce n'est pas pour ce vioc qu'il faut s'emboucaner.

Il se carre dans le fauteuil.

PILOTE, *atterré*

Quatre depuis hier...

James ricane.

Sans vous morigéner
Je trouve qu'il y a derrière un tel cynisme
Un orgueil bien voisin de l'existentialisme.

JAMES

Et alors, ducono ?

PILOTE, *interloqué*

Vous me fichez un choc.

JAMES

Mettez-vous au parfum. J'y bigle nib de toc.

PILOTE

Pardonnez-moi je sens que mon bon sens déraille
Cet accident, ces morts, toute cette pagaille
Trêve de faux-fuyants — je suis un assassin
Tôt ou tard il faudra me livrer aux poussins

JAMES

Aux perdreaux.

PILOTE

Ma raison fait des sauts dans ma tête
Comme une carpe mâle en rut un jour de fête
Je l'ai tué — c'est ignoble — et le remords me ronge

JAMES

Ecrasez donc le coup, Durand... passons l'éponge.

PILOTE

Non, mon vieux, je sais bien quelle est la solution

JAMES, *encourageant*

Matons ça ?

PILOTE

Mon suicide — et ma disparition

JAMES

Hé ! c'est assez misto.

PILOTE, *boit et a le hoquet*

Hic ! Vous trouvez ?

JAMES, *profondément persuasif*

Je trouve.

PILOTE

Vous jetterez mon corps au plus profond des douves
De ce puissant castel...

JAMES, *insinuant*

Dis-moi, papa... d'accord
Mais maquille un bifton qu'on planquera d'abord
Sur l'Henri II...

PILOTE

Demain, Machin vous le délivre
Longtemps après que j'ai déjà cessé de vivre.

JAMES

C'est classique.

PILOTE

Il est vrai

Il boit.

JAMES

Je me détranche pas
Du classique.

PILOTE

C'est vrai ?

JAMES

Vrai de vrai.

PILOTE

Je vous crois.

Hoquet.

D'abord, Monroe, je te trouve un bonne bille.

JAMES

Merci.

PILOTE, *ivre*

Mais non... Tiens, moi, j'aime plutôt les filles
Eh ben, si je devais changer de goûts plus tard
C'est toi que je prendrais !

JAMES, *provocant*

Tu parles d'un rancard !
Qui bonit que j'aurais pour toi le même faible ?

PILOTE

Avec du temps... je viendrais à bout d'une hièble.

JAMES, *s'incline*

Ben, papa !...

PILOTE, *s'effondre*

Mais je crâne, et j'ai la trouille verte,
Monroe, je suis foutu, lessivé, vidé...

JAMES

Certes
Ça la fout plutôt mal... Mais Jonas était dingue
C'est lui qui comme un con s'est piqué sur ton lingue
Tel un Malais cintré qui va ripant l'amok

PILOTE

Malais ou pas Malais, Monroe, moi je m'en mok
Je suis un assassin...

JAMES

C'est du bidon, pilote.

PILOTE

Mais mourir pour mourir, je meurs avec un pote

Je t'aime bien, Monroe, tu sais

JAMES

Saint-Cloud, Durand

PILOTE

Passe-moi le papier.

Il boit.

Tout ça, c'est altérant.
Je voudrais un stylo Parker, si c'est possible.

JAMES, *à part*

Il va me l'esquinter, mais restons impassible.
Voilà, Durand.

PILOTE, *larmoyant*

Monroe, je n'oublierai jamais
Ce que tu fais pour moi.

JAMES, *plaisante*

Le grand air des sommets
Te fait goder, Durand.

PILOTE

Je godais encor plus
A jeun, mais laissons là ces regrets superflus...

Il écrit fiévreusement. James va à la fenêtre et regarde au-dehors.

JAMES

La blanche recommence à quimper... qu'il fait [sombre.

Il retourne Jonas du pied.

Te voilà le caïd du royaume des ombres

Leur débloqueras-tu les mérites distincts
De Colgate, de Gibbs et son sulforicin,
De l'Ipana, d'Odol, d'Arma, de Kolynos
Du manchaga plastique ou bien du manche en os
Soies garanties nylon ou porc un peu balourd
Quand on est dessoudé, canné, c'est pas du pour
Les ratiches. on les voit...

PILOTE, *à mi-voix*

A Monroe je lègue
Ma part de la cagnotte, et je prie mes collègues...

Sa voix se perd.

JAMES, *rêveur*

Chair qui nous loque et qui chanstique nos contours
Oui... S'en décarpiller pour apparaître un jour
Sapés de ce squelette un peu beau qui ricane
C'est du support de pre pour des cailloux...

PILOTE, *marmottant*

A Jeanne
Je lègue le berceau qui servit...

Sa voix tombe.

JAMES, *rêve*

Dans l'orbite
Cernés de jonc, deux gros calots de malachite
Le long des tabourets, des éclats de saphir
Le cassis incrusté des diamants d'Ophir
La clavicule entrelardée de chrysocales
Les roberts cloisonnés de platine et d'opales
Aux cannes, des grenats d'un poids de cinq kilos
Et sur les brandillons, quelques mignards îlots
D'uranium balançant une purée malsaine

Un temps.

Oui... ce serait laubé...

PILOTE, *marmottant*

Que le portrait d'Eugène
Soit placé tout au fond de mon cercueil de plomb.
Et que ma bicyclette aille au cousin Duplont.

Il relève les yeux et voit James.

C'est presque terminé.

JAMES

Vas-y, prends tout ton temps
Te fais pas de mouron...

PILOTE

J'en ai pour un instant.
Le temps de cacheter l'enveloppe, et c'est fait...
Que vous faut-il de plus ?

JAMES, *se frotte les mains*

Nib de lap... c'est parfait.
Je reste à la biglouse ou bien si je me taille ?

PILOTE

J'aimerais franchir seul cette ultime muraille...

JAMES

Comme tu veux, papa... je décarre...

PILOTE

Au revoir...

JAMES, *hausse les épaules*

Bonne pince...

Il s'arrête et revient.

Je peux harpigner le lardoir ?

PILOTE, *sombre*

Je n'en ai plus besoin, mon ami...

JAMES

Le tracsir ?

Il va pour remonter.

PILOTE

Je n'ai pas peur de l'arrivée... c'est de partir
Qui me tourmente un peu.

James revient.

JAMES

Ouais... tu manques de toc
Ben quoi, tu vas morfler un chouïa... Chnoufe à bloc
Et tu sentiras lap. Un conseil, pauvre nière
Va-t'en souffler d'autor le gaz dans la chaudière
Rouvre le robinet, puis renquille ta fiole
En plein dans le foyer.

Il le regarde.

Nom de Dieu... t'as les grolles...

PILOTE, *se redresse*

Je vais me débrouiller tout seul.

JAMES

Allez... au rif !
Non... le dernier rancard...

PILOTE

Lequel ?

JAMES

Vas-y bécif
Nos valseurs vont geler si le gaz est éteint.

PILOTE

Entendu...

James commence à remonter.

Mais un doute est là qui me retient...
Monroe !

JAMES, *redescend une marche*

Mec ?

PILOTE

Dites-moi... par quel mystère étrange
Possédez-vous le gaz dans cette ignoble grange ?

JAMES, *naturel*

Du butane.

PILOTE

Je vois !

JAMES, *de plus en plus naturel*

Vachement plus nocif...

PILOTE

Je crois que ce sera plutôt expéditif...

James remonte et disparaît sur l'escalier. Le pilote va à l'armoire à gaz, en tire un tuyau long, ouvre un robinet, renifle ce qui sort, et va s'étendre sur le divan en mettant le tuyau dans sa bouche. On entend le léger sifflement du gaz, et le rideau tombe.

RIDEAU

TROISIÈME ACTE

Le matin du jour suivant. Il fait plus clair. James Monroe a enfilé une combinaison du parfait bricoleur. Il a quelques outils à côté de lui sur une table basse, et une paire de skis dont il a démonté une des fixations. Armé d'une gouge, il évide censément l'épais du ski. Dehors, quatre croix bien visibles.

Il sifflote un air gai, puis s'interrompt pour consulter le manuel du petit criminel, ouvert à côté des outils sur la table.

SCÈNE I

JAMES

Vraiment, sans vous chambrer, votre petit bouquin
Cher Monsieur Duhamel, c'est un choucard turbin

Il reprend son boulot, parlant lentement.

Sous les lappes, planquons presque lap de cheddite
Et Martha va bouffer sa carte de visite
Ce croquignol détonateur, par l'inertie
Défouraille tout seul à l'instant très précis
Où la pente enneigée bandant comme un bardache
Le ressort extendu décarre et soudain lâche
Cloquant les fils cuivreux de la pile au contact

De l'amorce...

Il visse trois vis.

Et voilà... le ski paraît intact...
Cette polka méritait-elle un tel tintouin ?

Il commence à ranger ses outils et hausse les épaules.

Evidemment, c'est pas la faute à ce bourrin
Mais je suis obligé d'y plomber le faubourg

Règle son ski.

Cette arnaque de pre me fait faire un détour
Mais m'en défarguera sans risquer ma bobèche
Loin d'icigo, petit détail sans rien de blèche.
Pas que je craigne un bavocheur... loin de lagà

Machin est apparu, un plumeau à la main, depuis quelques mots.

Mais il faut éviter la maison poulaga
Et tout le contrecarre à ce condé mahousse
Qui commence à m'intér...

Il aperçoit Machin et s'arrête net.

Tu m'as foutu la frousse...
Tu m'esgourdais ?

MACHIN, *acquiesce*

Hm ! Hm !

JAMES

Et tu t'es rencardé ?

MACHIN, *même jeu*

Hm !

JAMES

Lâche ton paqucif !

MACHIN

Patron... Venez marder..

JAMES

Pédoque de mes deux... Le voilà qui reparle

MACHIN, *négation*

Hm ! Hm !

JAMES

Envoie le duce !

MACHIN, *acquiesce*

Hm !

JAMES

Si tu fais le marle
Tu décambuteras, Machin, je te préviens.

MACHIN, *désigne le dehors,*
fait signe que des gens montent

Hm ! Hm ! Hm ! Hm !

JAMES

Allons ! Tu jactes que ça vient ?

MACHIN *acquiesce, muet*

JAMES

L'équipe de secours, peut-être...

MACHIN, *approuve*

Hm ! Hm !

JAMES

Salope
Comment le saurais-tu ?

MACHIN *fait le geste de porter des jumelles à ses yeux.*

J'ai vu, patron... Pelope !

JAMES

En tout cas, t'es mouillé, Machin... ne moufte pas...
Moi, je vais maraver le gros mec et Martha...

Il réfléchit à voix haute.

Voyons... Martha... les skis... Ça c'est du millefeuilles
Mais il reste toujours le constipé des feuilles...

Il voit Machin.

Fous-moi le camp, Machin, retourne à ton fourneau...
Tu vois que je gamberge, espèce de conneau...

Machin s'en va, l'air furieux.

Je pense donc je suis... Je suis... Je suis... Je sue...
J'y file sur la tronche un grand coup de massue
Merde... J'y étais presque... Un chouïa de patience
Je pense... Nom de Dieu ! Ça rime avec potence !
Je pends ! Je m'en gourais que j'étais près du but
Tu vas goder, Titan, comme un vieux gail en rut
Prépare ta gargane et ton gourdin, mon gniasse

Il cherche autour de lui.

Mézigue je m'occupe à dégauchir la place...

Il monte vite l'escalier.

Impec ! Je scie la rampe... et je visse un piton
A la gravosse poutre... avec un œilleton...
Ma trousse !...

Il redescend, fouille, tire un gros piton à œil.

Le voilà... c'est un mec admirable
Que le grand Duhamel... Une vrille... et le câble...
La scie... ces caves-là m'auront bien fait tartir

Il remonte, scie en vitesse les deux montants du fragment de rampe du petit palier, et commence à percer un trou avec la vrille.

Mais je les mène en belle et ça va réussir...
Foi de mec, il n'est pas question de faire un douze
Du dentifrice enfin la horde des tantouzes
Va rentifler bientôt les noirceurs de l'Hadès
Par la vertu des skis du père Damoclès
Et du collet de fil à buter les lapins...

Il achève de visser le piton, passe la corde, dévisse l'ampoule qui éclaire le petit palier, redescend en se frottant les mains.

Indiscutablement, ça schlingue le sapin.
Sapin ! Les croix... Magne ton train, Monroe.

Il appelle.

Des [planches !

Reparaît Machin.

MACHIN, *interrogateur*

Hm ?

JAMES

Va, lavaisse un peu glisser ta sauce blanche
J'suis à la bourre... Où qu'ils en sont, ceux des [recherches ?

MACHIN, *ouvre cinq doigts*

JAMES

Cinq broquilles, pas plus ?

Machin ajoute trois doigts.

Que huit ?

Machin fait signe que oui.

Ah... les faux
[derches...

Machin ouvre la bouche et va parler, James l'arrête.

Non ! Boucle-la ! Cloque-moi la peinture noire
Il en reste d'hier.

Machin fait signe.

Lagà ? Dans le placard ?
Ripe... Je fais les croix... Faut que ça soit du kif
Avec les autres... Toi, Machin, prends le poincif...

Machin acquiesce, prestement James cloue deux croix et les passe à Machin.

Un bon coup de barbouille et ça sera fini...
Remue ton fias, ducon.

Machin fait des efforts affreux pour parler, sans y arriver, et ça explose enfin.

MACHIN

Mais patron... c'est pour qui ?

JAMES, *l'air furieux*

Machin a un geste d'impuissance.

Je t'affranchis, Machin... si tu joues au couillon
Tu dégustes...

Machin a un geste de demande grâce.

Va donc faire le serbillon
J'en ai quine de tes galoups de pauvre pante
On dirait que tu tends à me foutre en carante
Pour la dernière fois, Machin, boucle ta malle

Machin redemande par gestes pour qui c'est.

L'une est pour la mistonne et l'autre pour le mâle

Tu renaudes ?

Machin fait signe que non.

Renaude, et tu t'en farcis trois...
C'est du nougat d'en faire une de plus pour toi...

Machin finit de peindre en vitesse et fiche le camp.

JAMES, *méditatif*

Si ce locdu persiste à me passer en double
Il faudra que monsieur s'attende à la carouble...

Il transporte les croix dans le placard, regarde sa montre.

Six broquilles...

Va à l'escalier, appelle.

Martha ! Gaffez donc ce vermeil
Une chouette balade en skis dès le réveil
Ça vous cloque le teint des couines de beauté...

A part.

Remue ton fias, morue, sinon tout est raté...

Paraît enfin Martha en haut de l'escalier.

SCÈNE II

MARTHA

Vous m'appelez ?

JAMES

Pardi... matez ce temps splendide
Et vous traînez au page à lire Thucydide
Ce n'est pas le moment, foutrebleu...

MARTHA

Cher ami...

Que disiez-vous que je lisais ?

JAMES

C'est pas permis
De s'enchtiber par ce beau temps ; y a pas d'affure...

MARTHA

Vous voudriez me voir me casser la figure
Sur ces affreux engins ?

JAMES

Martha, j'en suis certain
Vous skiez au loilpé, c'est pas du baratin.

MARTHA *rit, coquette*

Vous me flattez... Si je la fais cette descente
Qui va me ramener sans un remonte-pente ?

JAMES, *offensé*

Pas de vanne, Martha ; si c'était glandilleux
Je vous le bonirais

MARTHA

Seule, c'est ennuyeux...

JAMES, *à part*

La conarde... c'est long.

MARTHA

J'ai déjà mes chaussures
Mais vos skis sont trop grands pour moi, je vous [assure.

JAMES

Je les ai chanstiqués pour vous...

MARTHA

Qu'il est mignon...

Oh, ça vaut une bise !

Il proteste.

Oh, si, c'est trop trognon !

Elle lui fait la bise.

JAMES, *se dégage*

Magnotez-vous, sinon, le luisard va tourner.

Elle s'assied et posément se relace. Il est sur des charbons.

MARTHA

Mais non, ça, c'est parti pour durer la journée.

JAMES

Je vous cloque vos skis...

MARTHA

Vous êtes bien pressé
De vous débarrasser de moi...

JAMES

Vous me chambrez,
Mais si j'osais, Martha, c'est à la surprenante
Que je vous cal'cerais d'autor... sur la carante

MARTHA

Oh ! C'est dur... le divan ne vous plairait pas mieux ?

JAMES

Zéro pour le divan...

MARTHA

Pourquoi... Ça, c'est curieux !...
Je vous croyais sans préjugés.

JAMES

Cette petite

Qu'est calenchée dessus...

MARTHA, *vicieuse*

Je crois que ça m'excite
Encor plus...

JAMES

Ah ! Ça va... vous êtes...

MARTHA

Je suis quoi ?
Dites-le... dis-le donc cochon... Tu restes coi...

JAMES

Votre saloperie me fait trop mal au bide.

MARTHA

Vous croyez donc vraiment que je lis Thucydide
Mais non, c'est vos romans que je lis, cher Monroe
Et vraiment... vous restez bien loin de vos héros...

Elle a un rire vexé et prend les skis.

Au revoir... grand auteur... soignez-vous bien les [bronches.

JAMES, *à part*

Mais la garce ma foi s'atrique un peu ma tronche !

MARTHA

Je remonterai seule ! Il faut vous reposer !

Elle sort et James pantelant s'effondre sur le divan comprimant son cœur et regarde sa montre.

JAMES

Une broquille encore et tu vas exploser,

Ravelure...

Il se redresse.

En lousdoc, il en reste encore un
Le pendu putatif...

Il ricane, regarde les croix de bois.

Ça ressemble à Verdun,
En plus trognon... Gigo...

Regarde sa montre.

Plus que quatre broquilles
Et ma crèche sera bourrée d'un tas de billes
Qui ne dégauchiront que six croix en bois noir...
Je planquerai Martha — ses morcifs — dès ce soir
Sous la sienne... et le trèpe y matera que nib
Le Titan de mes deux... le Titan... Je l'enchtib
Dans ce placard, et quand les gniards sont décarrés
Je remets tout nickel... Allons-y... Sans charrer
Ma combine est pas tarte et sauf un courant d'air
Je vais les maraver tous jusqu'au der des der
Au gros tas...

Il monte l'escalier.

Hé, Titan... Venez mater, mon pote
J'ai gambergé un truc qu'a vraiment rien de fiote
C'est pas que tchi, monsieur...

TITAN, *apparaît en haut de l'escalier*

SCÈNE III

TITAN

Vous m'appeliez,
[peut-être ?

JAMES *lui entoure le cou de son bras et l'approche de*

la rampe. Discrètement il lui passe le nœud coulant autour du cou

Lagà, si l'on biglouse, on voit par la fenêtre
Grimper l'équipe de secours...

TITAN, *ironique*

Comment... déjà ?
Je me plaisais chez vous... cette vie de rajah !...

JAMES

Vous me chambrez !

On entend une explosion terrible.

Martha !

TITAN, *l'œil éveillé*

Comment Martha ?

JAMES *rit, gêné*

La
[largue...
Est du genre explosif... alors... heu...

TITAN, *soupçonneux*

C'est bien vague
Ecoutez donc, Monroe... puisque c'est le moment
De nous quitter, je vais vous dire franchement
Qu'il y a quelques faits qui me semblent bizarres.

JAMES, *regarde sa montre*

Affalez-vous...

TITAN

D'abord, cette étrange bagarre
Où Jonas a perdu la vie...

JAMES

C'était un chpil

Qu'a mal viré je reconnais...

TITAN

Parlons du kil...

Non... la mort de l'hôtesse ?

JAMES

Elle est clamcée du
[choc...

TITAN

Croyez-vous ? Nous eussions percuté sur le roc
Je ne dirais pas non, mais cette neige molle...
Passons... expliquez-moi cette insistance folle
A nous faire goûter de votre vin de riche.

JAMES

Je vous ai fait goinfrer de celui que je liche,
Mézigue...

TITAN

Je veux bien, mais Robur et Coccyx

James avait passé son bras autour du cou de Titan, l'a retiré et les deux hommes sont Titan adossé à la balustrade sciée, James devant lui, face à face.

En sont morts... Nous restons à peine deux sur six.

JAMES, *se décide*

Y en a plus qu'un, papa...

TITAN

Martha ?

JAMES

Cette explosion

L'a repassée de pre.

TITAN

Que sont vos prévisions ?

JAMES

Vous gambergez de trop.

TITAN

Ce sera donc ?

JAMES

La corde !

Il le pousse brusquement, la rampe cède et Titan tombe dans le vide et se trouve pendu avec un râle d'horreur.

TITAN

Ah !

JAMES

Vieux cador... pourquoi fallait-il que tu mordes ?
C'eût été de la tarte avec un empaffé

Il se passe la main sur le front et se ressaisit, puis salue le mort.

Chapeau, mon gros pendu... mais tu l'as pas griffé...
Pour un peu, je carmais.

Il se presse, le décroche en le laissant descendre jusqu'au sol.

S'en faut que d'un chouïa
Mais le gadjo Monroe porte la baraka

Il ricane.

La fortune a boni son faible pour les forts

Grand merci, la roummi...

Il se découvre et salue.

Mais... je crois que
[j'ai tort
De pinocher sur un turbin déjà honnête

Il tire Titan vers le placard.

Affurons l'embellie... par lagà, grosse bête...

Il le tasse dans le placard dont il sort les croix et retire la clé puis se précipite au-dehors et plante la croix. On le voit jeter un regard à droite puis tomber à genoux. Quelques secondes plus tard, surgissent sur la droite deux guides en tenue, couverts de neige. On les voit lui serrer la main puis il les fait entrer.

SCÈNE IV

PREMIER GUIDE

Alors, ils sont tous morts ?

JAMES

Hélas...

PREMIER GUIDE

Je m'en doutais.

DEUXIÈME GUIDE

Ah, lorsque c'est l'hiver, si le monde écoutait
La voix de la raison...

JAMES

Tu l'as boni, mon pote

On prendrait ses pinceaux.

PREMIER GUIDE

Leurs trucs, c'est de la
C'est pas au point. Et pis il n'y a rien à dire [crotte
En bagnole, il arrive encor que l'on s'en tire
Mais un avion qui tombe...

JAMES

Eh, oui...

DEUXIÈME GUIDE

Les pauvres gars
Alors, vous les avez ramenés de là-bas ?

JAMES

On n'allait pas laisser la viande disparaître
Dans la blanche... Ils sont tous planqués sous ma
[fenêtre
Pionçant le roupillon dont jamais on ne sort

Il a un haussement d'épaule mélancolique.

Pour mézigue, après tout, ce sont un peu mes morts...
Ces tartes croix de bois, bien sûr, c'est pas
[grand-chose...
Quand viendront les lilas, j'attriquerai des roses
Songez qu'ils ont matchavé sans curton.

PREMIER GUIDE *tousse, ému*

Monsieur
Je ne vous connais pas... mais je vous comprends
[mieux
Après ces quelques mots qu'au bout de dix années...
Vous êtes un chic type...

DEUXIÈME GUIDE

Ah, quelle destinée

Que de venir périr dans cet endroit désert...

JAMES *les désigne*

Je tirerai près d'eux les marqués de l'hiver...
Seulabre, sans miter... Leurs âmes engourdies
Se désentifleront de la came attiédie
Par le beau blond, pour débloquer tout bas tous bas
Les tuyaux éternels qu'on esgourde là-bas...

PREMIER GUIDE, *frissonne*

A la vôtre... pour moi, je m'en vais redescendre
Inutile, je crois, d'aller fouiller la cendre
De l'avion.

JAMES

La fondante est quimpée ces trois jours
En si vache épaisseur, que vous pouvez toujours
Y bigler... Mais je crois que c'est gâcher sa peine...

DEUXIÈME GUIDE

Alors, puisqu'il n'y a rien qu'il faut qu'on ramène
On va se retirer...

JAMES

Pas sans licher un coup
De pif d'Arbois ?...

PREMIER GUIDE

Oh... Bien... monsieur... merci
Mais si ça vous dérange... [beaucoup

DEUXIÈME GUIDE

Il faudrait nous le dire.

JAMES

J'en ai là sous la griffe.

Il s'affaire au placard à liqueurs, revient avec deux verres pleins, les tend.

PREMIER GUIDE, *claque la langue*

Eh... J'en ai bu du pire...

DEUXIÈME GUIDE

Pour sûr qu'il est fameux...

JAMES

On peut pas battre à niort
Que c'est du bon tutu... mes poteaux l'aiment fort
Mais vous êtes pressés d'alerter les baveux
Filez-leur du grelot si ça vous rend nerveux.

Il désigne le téléphone.

PREMIER GUIDE

On va s'en retourner... là-bas... Merci pour tout.

JAMES

Et si vous renquillez...

DEUXIÈME GUIDE

Sûr qu'on revient chez vous !

Il les raccompagne à la porte. Au revoir, poignée de main. Les deux guides repassent devant la baie, vers la droite, non sans s'arrêter une seconde devant les croix.

SCÈNE V

Resté seul, James revient au milieu de la pièce et s'apprête à enlever sa combinaison de travail, mais se ravise. Il va à la porte de la cuisine, l'ouvre brusquement et voit Machin baissé, l'oreille à la serrure. Il se relève, James lui fait signe d'entrer dans la salle.

JAMES

Je suis bourru. Ça va. Je peux encor clocher

Il regarde sa cuvette, la prend, l'emporte et la fourre dans le placard, hausse les épaules.

Planquons ce qui voit pas le jour...
Que vont glander ces matz autour de ma roulotte ?

Regarde son petit cimetière.

J'ai la placarde encor de crécher quelques fiotes...

Il se frotte les mains.

J'avoue que mastéguer seulabre et sans personne
Ça me faisait tartir. J'ai du vase.

Les soldats sont là, cherchent la sonnette.

Mais sonne,
Lavedu... je suis là... pour t'affranchir...

On sonne.

Entrez...

Entrent les deux Poldèves.

SCÈNE VI

PREMIER POLDÈVE

Salut, monsieur.

DEUXIÈME POLDÈVE

Pardonnez-nous de pénétrer
Chez vous sans vous avoir fait prévenir d'avance
Mais la neige est si haute en ces Alpes de France
Que nous n'avons pas pu.

JAMES

Que voulez-vous, les gars ?

PREMIER POLDÈVE

Eh bien ! comme monsieur peut constater je crois
Nous sommes des soldats de l'armée de l'Onu
En manœuvres d'hiver, et nous sommes venus
Vous informer de l'arrivée très imminente
De notre compagnie.

JAMES

Cavombavien ?

DEUXIÈME POLDÈVE

Quarante
Nous compris.

JAMES, *un peu déçu*

C'est pas lerche.

PREMIER POLDÈVE

Allons, ce n'est pas
[mal.

JAMES, *se rassérène*

Quarante tafiateurs... Mes poteaux, c'est normal
Que le ciblot se mouille et fasse au militaire
Le plus pinoche accueil... Sans moufter, j'obtempère
Et vous fourgue ce soir toute cette cagna
Sauf ma carrée...

PREMIER POLDÈVE

Bien sûr...

JAMES

C'est que mon barbagna
Craint plutôt le frigo. Je conserve ma turne
Car je veux éviter de me geler les burnes.

PREMIER POLDÈVE

Mais il n'est pas question...

JAMES

Milords, n'en jactons plus
Le plaisir est pour moi... mais ce qui m'aurait plu
C'est que vous ralégiez pour jaffer à ma table
Ce borgnio !

DEUXIÈME POLDÈVE

Mais monsieur...

PREMIER POLDÈVE

Vous êtes trop aimable
Un tel dérangement...

JAMES

Je remets ça, soldats
Faites-moi cette fleur... ne vous détranchez pas...
Je vis vachement seul dans ce hangar immense
Et je reluirai sec d'avoir votre présence
A la clape.

PREMIER POLDÈVE

Tous les quarante ?

JAMES

On a rancart !

DEUXIÈME POLDÈVE

Vous êtes trop gentil...

JAMES

Ce sera très choucard
Mes amis, nous allons chatouiller la boutanche !

PREMIER POLDÈVE

On pourrait vous aider ?...

JAMES

Plutôt que je calenche !

Vous ne maquillerez pas un geste au dîner
Mécolle vous arrose.

Se frotte les mains.

On s'en va vous soigner.

PREMIER POLDÈVE

Eh ben, merci, monsieur.

DEUXIÈME POLDÈVE

On va chercher les potes

JAMES

Je vous ferai briffer une de ces compotes !...

Il les reconduit.

A ce soir !

Referme la porte.

LES SOLDATS

A ce soir !

James revient se frotter les mains.

JAMES

Quarante... un peu comac !...

Regarde son cimetière, hoche la tête, et va ouvrir un placard et en tire des planches à croix.

JAMES

Et Gy ! Mes planchaga... Maintenant...

Il empoigne son marteau.

Mon darracq !

Il commence à clouer, trois grands coups et le rideau tombe.

FIN

Table

Le Livre de Poche s'engage pour
l'environnement en réduisant
l'empreinte carbone de ses livres.
Celle de cet exemplaire est de :
500 g éq. CO_2
Rendez-vous sur
www.livredepoche-durable.fr

PAPIER À BASE DE
FIBRES CERTIFIÉES

Achevé d'imprimer en octobre 2014 en Espagne par
CPI
Dépôt légal 1re publication : février 1998
Édition 04 – octobre 2014
LIBRAIRIE GÉNÉRALE FRANÇAISE – 31, rue de Fleurus – 75278 Paris Cedex 06

31/4370/8